Los mejores amigos

El amor nunca muere

Sheina Lee leoni

Junio 2022

Prólogo

"El amor no se mira, se siente "

Pablo Neruda

Jeremías y Blas nacieron en la década de los sesenta, precisamente en el año 1961.

Una época caracterizada por grandes cambios sociales, especialmente como consecuencia del surgimiento de la manifestación cultural estadounidense hippie, la cual se expandió rápidamente al mundo entero. Un movimiento que profesaba los valores de la **anarquía** no violenta, el pacifismo, la revolución sexual, la preocupación por el **medio ambiente** y el rechazo al **status quo capitalista** y materialista de Occidente.

Un momento de grandes trasformaciones sociales que, sin embargo, no fueron suficientes para amparar el afecto amoroso que uniría a los dos jóvenes, vínculo mucho más sólido que una simple amistad.

Ambos nacieron en Carmelo, ciudad uruguaya ubicada a poco más de doscientos cuarenta kilómetros de Montevideo, en el seno de dos familias con características socioeconómicas similares. Propicia situación, para que los chicos compartieran los mismos centros sociales y culturales del lugar.

Por eso , nadie se extrañó cuando Blas y Jeremías , se convirtieron en inseparables camaradas, al igual que lo eran sus madres ,quiénes también se conocían desde la adolescencia.

Y así ,Albertina y Tomeo ,padres de Blas, continuaron su amistad con el matrimonio conformado por Dioniso y Ela ,los progenitores de Jeremías y juntos festejaron la llegada de Roberta,la hija más pequeña del matrimonio. Sumado a esto, un intercambio de "padrinazgos" mutuos entre los matrimonios, aumentaron el contacto y el afecto entre las dos familias. La madre de Blas aceptó convertirse en la madrina de Roberta, mientras que Dionisio, se convirtió a su vez en el padrino de Blas.

Y el pasar de los años,aumentó la amistad entre los niños, dando lugar a un cariño que parecía ser indestructible.

 Afecto que alcanzó su máximo esplendor al rozar la adolescencia, cuando los jóvenes descubrieron que iba surgiendo entre ellos una extraña atracción, mucho más potente que una simple camaradería.

Y para asombro de todos , parecía ser que las diferentes personalidades que ambos manifestaban acrecentaban ese vínculo afectivo cada vez más en vez de separarlos.

Blas se convirtió en un joven tímido y recatado, obediente de todas las convenciones sociales. Era el chico que no daba trabajo. En cambio, Jeremías se fue transformando en un adolescente rebelde y audaz, el protector natural del dulce Blas, qué solía aplaudir silenciosamente a todas las travesuras de su querido compinche.

Y tal como era esperable, fue Jeremías, el primero en comprender que, indefectiblemente, se había enamorado del amigo de su niñez.

-Debo hablar con Blas, estoy seguro de que siente lo mismo por mí. Lo veo en su mirada, en su sonrisa. ¡Imposible estar equivocado! Muy pronto cumpliremos dieciocho años e iremos a la Facultad, si él reconoce amarme tanto como yo, podríamos encontrar un empleo, y mudarnos juntos. A nadie le llamaría la atención, en definitiva, hemos sido amigos durante toda nuestra existencia-decidió el entusiasta Jeremías intentando convencerse de sus palabras.

- ¿Sales, querido? -preguntó su madre un fresco sábado primaveral.

-Así es. Voy a buscar a Blas para ir al cine. Conseguí dos entradas al precio de una.

-Quien sabe si podrá ir, su madre me dijo que venían unos amigos a cenar. Tal vez deba quedarse en casa-comentó la mujer.

-Tonterías. Siempre se ha logrado escabullir-carcajeó Jeremías como si su madre hubiera dicho un disparate.

-Pero quizá esta vez no pueda, o no quiera-
bromeó Roberta, la hermana más pequeña del
joven.

- ¿Qué quieres decir? -preguntó Jeremías.

-Parece que esta semana Blas ha sido visto
varias veces con una chica que justamente
coincide con la hija de las visitas, que por cierto
es tan bonita como engreída-refunfuñó la joven.

-Seguro están exagerando. Blas me lo hubiera
dicho-comentó el chico sintiendo que un
imprevisto sudor comenzaba a correr por sus
manos.

-Tal vez tuvo miedo de que te pusieras celoso-
carcajeó la madre de los chicos. Creo que lo
mejor sería que hicieras lo mismo. La gente
empieza murmurar sobre ustedes dos, sabes….

-A la mierda la gente. Iré en busca de mi amigo
e iremos al cine. ¡No creo una palabra de lo que
dijeron!

-Está bien. Buena suerte -asintió Ela frunciendo
el ceño asombrado por la inesperada rabieta de
su hijo.

-Mamá y Roberta son dos tontas-rezongaba el joven mientras se encaminaba a la Rambla de los Constituyentes para ir a casa de su amigo. Seguro esa chica es una simple conocida , Blas no me haría algo así. ¡Él me ama, estoy seguro! -recalcó deteniendo un taxi para ir más rápido casa de su amigo.

"Ven a dormir conmigo: no haremos el amor, él nos lo hará"
Julio Cortázar

Capítulo I

El viento primaveral soplaba suavemente esa noche, sacudiendo ligeramente a los hermosos rosales que rodeaban la casa de Blas.

Sin prestar atención, un nervioso Jeremías, saltaba de un pie a otro esperando que le abrieran la puerta de la vivienda para enterarse que había ocurrido con su amigo.

Un poco más lejos, se alcanzaba a divisar el Puente Giratorio, ubicado sobre el arroyo de las Vacas, uno de las principales atracciones de Latinoamérica, e ícono fundamental de la pequeña ciudad.

-Jeremías-saludó sorpresivamente la madre de Blas ¿Cómo estás? No sabías que pasarías por aquí.

-Vine a buscar a Blas como todos los sábados.
Tengo dos entradas para el cine-comentó el
joven fingiendo ignorar lo que había escuchado
en su casa.

-Pasa-susurró la mujer señalando al living. Pero
me temo que hoy no podrá acompañarte.
Tenemos visitas.

-Oh-murmuró el joven observando a su amigo
que no dejaba de festejar a una hermosa chica
sentada a su lado.

-Parece que olvidó comentarte que estaría
ocupado-agregó la dueña de casa enviando al
recién llegado una sonrisa cómplice.

-En realidad no nos vimos demasiado esta
semana, me dijo que tenía que ponerse al día
en algunas cosas de la casa y no podía salir.
Bien, será mejor que me vaya. Dale mis saludos
a Blas.

-De ninguna manera- exclamó Tomeo
acercándose al sitio donde conversaba su
esposa con Jeremías. Eres como de la familia,
así que puede quedarse a comer. Nuestro hijo
estará feliz de verlo.

-Pero, querido-palideció Albertina. Nuestro hijo
debe atender a Clarita, sabes que la chica está
muy entusiasmada con Blas.
-Pueden conversar los tres. Al fin y al cabo, son
de la misma edad.
-Como digas-susurró la mujer frunciendo el
ceño.
-No se preocupen ,será mejor que me vaya, o
llegaré tarde al cine. Me gustaría mucho ver esa
película.
-La verás otro día -insistió el padre de Blas.
Entra de una vez-agregó empujándolo. ¡Hijo,
mira quien llegó!!
Inmediatamente el joven levantó la cabeza , y
sonrió tímidamente al ver a su amigo.
-Hola, Jeremías. Olvidé avisarte que hoy no
podría salir.

-No te preocupes-asintió este levantando los hombros, al mismo tiempo que admiraba silenciosamente al hermoso joven en que se había convertido su amigo. Tu padre quiso que te saludara, pero creo que será mejor que me marche. Cómo suelen decir, dos son compañía tres son multitud. Nos vemos en el Cole.

-Espera-lo detuvo Blas. Me gustaría que te quedaras.

-No creo que a tu amiga le agrade la idea.

-Es amiga de la familia, no mía. DESEO QUE TE QUEDES-repitió.

-De acuerdo-asintió Jeremías caminando detrás de Blas.

-Clara, quiero presentarte a mi mejor amigo Jeremías. Es como un hermano para mí-agregó cortante.

-Hola. Un gusto-saludó la chica invadiendo con su delicado perfume al recién llegado.

-No deseo importunarlos ,así que me quedaré unos minutos-tartamudeó este.

-Tonterías, estoy feliz de verte-exclamó Blas pasando un brazo por el hombro de su amigo, sin prestar atención a la hosca mirada de la chica.

-Gracias, eres muy amable-sonrió Jeremías mirando a su amigo con afecto.

-¡Chicos, a comer! Ya les comenté a los padres de Clarita que habría otro comensal. Así que vamos, chicos. El pollo no espera-bromeó Tomeo.

-Querido, ¿puedes venir un minuto?-carraspeó Albertina desde la cocina.

-Por supuesto-asintió su esposo. ¿Qué sucede?

-No me parece buena idea que Jeremías se quede. Por si no recuerdas, la comida de hoy tenía otro fin.

-Déjate de pavadas, son solo chicos -rezongó el hombre. ¡Estás empecinada en buscarle novia a nuestro Blas cuando tiene mucho que hacer en su vida! Déjate de chismeríos baratos y regresemos al living o nuestros invitados se ofenderán.

-Espero tengas razón-susurró la mujer.

Jeremías escuchó cantar al reloj cucú indicando que era media noche y se levantó de prisa.

-Debo ir a casa ya mismo. Olvidé avisar a papá que estaba aquí y es la hora que regreso del cine. Gracias por todo, he pasado una noche inolvidable-comentó observando el suspiro de alivio que lanzaba Clara.

-Te acompaño hasta la puerta -asintió Blas que no había dejado de conversar ni por un minuto con su amigo.

-No te molestes-comentó el joven.

-Es un placer -sonrió este caminando al lado de Jeremías hasta la puerta de calle.

-Esos chicos parecen llevarse muy bien -susurró la madre de Clarita una vez quedaron solos.

-Son como hermanos. Y parte de eso, somos muy amigos de sus padres-asintió el padre de Blas sin darle importancia al tema.

-Sí , nos conocemos desde la adolescencia-corroboró Albertina.

Blas abrió la puerta del recibidor y sonrió abiertamente a su amigo

-Me alegra que hayas podido quedarte. Pasamos muy bien.

-Si. Pero a tu novia no pareció gustarle mucho mi presencia -insinuó Jeremías.

-¿Mi novia? No tuve más remedio que atenderla por cortesía, ni siquiera estaba seguro de si vendría.

-Sin embargo, tuve la sospecha de que me habías evitado toda la semana.

-Tonterías, no coincidimos-tosió el joven mirando para otro lado.

-¿Estás seguro?-insistió Jeremías con suavidad. Sabes que puedes contarme todo.

-Por supuesto, te repito que Clara es una simple conocida. Fue idea de mamá.-comenzó explicar siendo interrumpido por el fugaz beso que Jeremías dejó en sus labios.

-¿Qué haces ? ¡Te volviste loco!-susurró el joven limpiándose la boca con el puño al mismo tiempo que miraba para su casa por si alguien los había visto.

- Me gustas mucho, y creo que también te sientes atraído por mí. Blas, necesitamos conversar.

-No es cierto-sollozó el chico. ¡Eres mi hermano!

-Sabes que no es así, mírame a los ojos y júrame que no me deseas de la misma forma que yo lo hago.

-Lo siento ,debo regresar adentro. Tenemos que abandonar ahora y para siempre   esta ridícula conversación.

-Como gustes, pero si cambias de opinión, hoy estaré a las dos sentado en la entrada de tu jardín. Bajo el árbol que solemos reunirnos. Quizá así podamos aclarar nuestras ideas.

-No me esperes. Ni ahora ni nunca. Adiós, Jeremías -recalcó el chico entrando a su casa sin mirar atrás.

-Allí estaré- reiteró Jeremías retirándose.

-Perdone la demora-sonrió Blas regresando al lado de Clarita. Dime, Clara, tal vez podríamos vernos en la semana.

-Me encantaría -sonrió está olvidando su mal humor al escuchar la gentil propuesta.

Eran la una y cuarenta y cinco ,cuando Blas se asomó por la cortina de su habitación y vio a su amigo sentado bajo el conocido árbol. Cada tanto, Jeremías levantaba la mirada hacia la ventana del cuarto y corroboraba su reloj pulsera.

-No vendrá-decidió a las dos y treinta. Ni siquiera se ha asomado una vez. Será mejor que olvide todo y regrese a casa. Seguramente leí mal las señales , o no tiene el coraje para confesar sus sentimientos. Ya no debo molestarlo más o perderé hasta su amistad. Si ya no lo hice-resolvió pegando la vuelta hacia la vereda. Había caminado unos pocos pasos, cuando la suave voz del joven lo detuvo.

-Jeremías, espera. No estás equivocado-susurró acercándose al joven. También me gustas.

-Había perdido la esperanza de verte-suspiró el chico sintiendo que sus ojos se humedecían por las lágrimas.

-En realidad no iba a venir, pero no quería perderte-confesó Blas.

-Tuve un miedo terrible de que ya no quisieras verme-susurró Jeremías tomándolo entre sus brazos.

-Puedes estar seguro de que eso no ocurrirá. Nunca lograrán separarnos.

-Es una noche maravillosa, caminemos un rato-comentó Jeremías señalando el maravilloso cielo estrellado.

-De acuerdo, mis padres ya están profundamente dormidos así que no me buscarán -asintió.

Jeremías tomó de la mano a su acompañante , y como si fuera lo más normal del mundo emprendieron una silenciosa marcha por la costanera hasta llegar a la Fuente de la Tentación , otro de los monumentos más destacados de la ciudad.

-Sentémonos un minuto, me encanta este lugar-comentó Jeremías.

-Mmmm.Me siento observado-intentó bromear Blas haciendo alusión a los rostros de los diablillos que se encuentran incrustados en la parte superior de la fuente.

-Son inofensivos-bromeó Jeremías.

-Parece que nos miraran-insistió Blas recorriendo con su dedo índice uno de los traviesos rostros.

-Y quizá lo hacen, pero eso no nos debe importar. No son reales-río nerviosamente

- ¿Qué sucederá ahora, Jeremías? Yo no soy tan valiente como tú. Tengo miedo-agregó Blas olvidando el anterior tema.

 -Seguiremos siendo amigos, cómo siempre. El año próximo comenzaremos la facultad, nos mudaremos a la capital y podemos alquilar algo juntos. Nadie verá mal esa situación, cantidad de jóvenes lo hacen.

-No lo sé, papá desea que realice un curso de administración y me haga cargo del negocio-comentó mencionando las dos ferreterías familiares.

-Aquí lo importante es lo que tú deseas.

-Yo…me gustaría ser odóntologo.Pero creo a mi familia no lecaerá en gracia. No soy como tú, Jeremías.

-De acuerdo. Iremos paso a paso .Lo principal ,es que estamos en la misma sintonía. Lo demás ,vendrá por añadidura -suspiró Jeremías acariciando la mejilla de Blas con un dedo.

-Así está mejor-asintió este más tranquilo.

Jeremías miro los confiados ojos de su amigo y se prometió a sí mismo que no dejaría que nadie le hiciera daño.

-"Es tan encantador"-reflexionó sin decir ni una palabra.

 -Has quedado pensativo-acotó Blas.

- Pensaba si me dejarías besarte -susurró con suavidad.

-Ya lo hiciste-respondió Blas dichoso de que la oscuridad no permitiera ver su rostro colorado como fuego.

 -Es verdad- -asintió Jeremías atrayendo al joven contra su cuerpo. Si deseas, podemos ir a un lugar más cómodo, lejos de estos mirones. -sonrió señalando a los rostros de cemento que parecían vigilarlos.

-De acuerdo, pero ahora no me queda
demasiado tiempo. Mis padres podrían
levantarse y enloquecerían si no me encuentran.
-Serán unos pocos minutos.
-Está bien-asintió Blas.
Tomándose nuevamente de la mano, caminaron
por la solitaria rambla, hasta que finalmente
llegaron a un espacio verde rodeado de espesos
matorrales.
-Estaremos cómodos por allí dentro-comentó
Jeremías arrastrando a su amado hacia la
maleza.
Blas titubeó, pero finalmente se dejó llevar por
su amigo. Un poco más lejos, el iluminado
puente giratorio competía con el cielo estrellado.
 Con delicadeza, Jeremías puso su campera
sobre el pasto y tiró de su amante para que se
sentara junto a él.
-Acompáñame un momento-comentó Jeremías
golpeando la parte vacía de su chaqueta.
-Córrete un poco más-decidió tirándose sobre la
prenda.

Los jóvenes estaban disfrutando de la maravillosa noche, cuando un conmovido Jeremías exclamó.

-Te amo, Blas. Y no habrá otro para mí.

-También siento lo mismo, siempre serás el único- gritó Blas absorto de deseo mientras sentía que las atrevidas manos de Jeremías se metían por debajo de la camisa recorriendo su piel.

-Eres mi vida-insistió Jeremías sin detenerse.

-Ámame ahora-musitó Blas con un hilo de voz.

- ¿Estás seguro? No habrá marcha atrás luego de este momento.

-Nunca en mi vida estuve tan seguro de algo. ¡Ámame, Jeremías!

-De acuerdo-asintió el joven desabrochando su camisa antes de hacer lo mismo con la de su casi amante.

-Ten cuidado-lo detuvo Blas. Eres mi primero.

-Entonces somos dos-carcajeó el joven perdiendo la timidez.

Los jóvenes se besaron con pasión , y
velozmente ,los gemidos volaron hacia la noche,
mezclándose con el canto del viento.
Rato después, Blas entró silenciosamente a su
casa, y se desvistió en un santiamén para
acostarse. Todavía podía sentir el aroma de su
amado sobre su vestimenta, y tras acariciar por
última vez la camisilla que llevaba en ese
momento, la tiró en el cesto de ropa sucia.
-Estoy corriendo un gran riesgo, pero vale la
pena-susurró sin imaginar que su madre había
escuchado su llegada.
- ¿Dónde estuviste, querido? -pensó Albertina
para sí misma. ¡Espero que mis sospechas no
sean realidad!
Mientras tanto, Jeremías admiraba las estrellas
mientras tomaba un vaso de leche tibia y
soñaba despierto.
-Tendremos que disimular por un tiempo, pero
luego nada ni nadie podrá separarnos. ¡El
mundo es nuestro! -pensó acariciando a su
querido perro que, no dejaba de moverle la cola
como si comprendiera la felicidad de su dueño.

En un beso, sabrás todo lo que he callado
Pablo Neruda

<u>Capítulo II</u>

Si bien la vida parecía seguir de igual forma
para los jóvenes, la realidad demostraba que
había cambiado y mucho. El amor que sentían
uno por el otro parecía haberse transformado
en una fuerza inquebrantable, ya no solo eran
los mejores amigos, sé amaban profundamente.
Y ese reconocimiento sentimental parecía
haberles otorgado una felicidad y un ímpetu que
los rodeaba a cada instante dándole a la pareja
una luz especial
Con el consentimiento de Jeremías, Blas salía
algunas veces con Clara, principalmente con la
idea de alejar sospechas sobre su relación. Pero
Jeremías no temía esos encuentros, estaba
seguro de que el joven lo amaba
profundamente, y nada ni nadie menguaría ese
mutuo afecto.
Él único que parecía percibir esa nueva relación
entre los jóvenes era el Profesor de Biología,
José Park,quien los observaba disimuladamente
cada vez que los chicos estaban juntos.

- ¿Crees que sospecha acerca de los nuestro? -preguntó esa mañana Blas mientras caminaban hacia la cantina.

-No hay motivo para que lo haga. De cualquier forma, sería mejor mantenernos alejados en su clase. Por las dudas, todavía quedan unos meses para terminar el curso.

-Tienes razón -asintió Blas.

Se encontraban conversando a la salida del Colegio, cuando un grupo de chicas llegó hasta ellos.

-Chicos, que bueno que los encuentro-exclamó Clara cruzándose en el camino de los jóvenes.

-Hola, Clara-saludó Blas con una sonrisa fingida.

 -Olisquearía invitarlos el sábado a casa. Daré una fiesta para festejar la llegada del verano. Mis padres irán para fuera y…quería aprovechar para reunirnos.

- ¿Saben qué harás algo así? -comentó Blas levantando una ceja.

-Por supuesto, tonto. Confían en mí-carcajeó la chica contemplando al grupo de amigas que la rodeaba. Y quieren saber si tú estarás en la fiesta, te han tomado mucho aprecio.

-Me has tomado de sorpresa, debo pensarlo -titubeó el joven.

-Blas, no puedes despreciar la invitación de Clara. ¡Claro que iremos! Gracias por invitarnos-susurró Jeremías dando un disimulado codazo a su novio.

-Estupendo. Nos vemos entonces. "Finalmente tendremos un lugar para estar a solas. Y aprovecharemos para conseguirle novia al pesado de tu amigo"-murmuró Clara en voz baja a Blas. Vamos, chicas-ordenó.

-¿Qué te dijo?-preguntó Jeremías.

-Creo que quiere encontrarte novia -reveló Blas. La verdad, no me gustaría ir a esa fiesta.

-No queda otra, salvo que te indispongas y quedes en casa todo el fin de semana lo cual sería muy "raro"

-Es verdad, tendremos que ir-asintió el joven rodando los ojos. Suerte que te invitó.

-Sabe que vamos juntos para todos lados,
seguramente pensó que no irías sin mí-.agregó
un orgulloso Jeremías.

Temprano en la mañana, los jóvenes llegaron al
colegio como todos los días, asombrados del
gran alboroto reinante.
La Directora Principal caminaba como
enloquecida de un lado a otro de la Institución,
mientras que la secretaria de secundaria
conversaba con la policía.
- ¿Qué ha sucedido? -preguntó Blas a un
compañero que encontró parado en la puerta.
-Una verdadera tragedia. Dieron una terrible
paliza al profesor Park,incluso no saben si
saldrá con vida.Está en terapia intensiva.
-Lo que me cuentas es horrible.¿Se sabe el
motivo?-insisitió el joven.

-Parece que hace tiempo estaba siendo investigado por sospechas de …sodomía. Y ayer alguien lo vio despedirse acaloradamente de un tipo en la puerta de su casa. Cuando el hombre se alejó …ocurrió todo-suspiró el joven.Lo encontró su empleada hace unas horas en un charco de sangre.

-No sabía que era Gay -susurró Blas palideciendo. Y, de cualquier forma, tanto odio…

-Allí viene la directora. Parece que está reuniendo a todo el alumnado-se despidió el joven.

-Todos al salón de actos-ordenó en ese momento un funcionario de servicio.

Blas comenzó su marcha hacia el lugar y se paró detrás de todos, casi contra la puerta de salida, esperando ver a su novio ubicado en algún rincón de la sala.

-Raro no ha llegado-comentó concentrándose en la explicación que las autoridades darían sobre lo sucedido.

-Queridos colegas, queridos alumnos. Hoy ha ocurrido un hecho sin precedentes en nuestra prestigiosa Institución. Y ustedes ,protagonistas de nuestra historia, merecen una explicación sobre el hecho-comenzó solemnemente la Directora.

-Todo lo que está diciendo es mentira-escuchó a Jeremías que ahora se encontraba a su lado. Jamás reconocerá públicamente que el profe era Gay .Ahora comprendo la simpatía que sentía Park hacia nosotros, lo sabía. Tenía claro que éramos iguales.

-Cállate-ordenó Blas. ¿O quieres terminar de igual forma? -afirmó sintiendo que comenzaba a sudar. Será mejor que me vaya, no me siento bien.

-Te acompaño, podrías desmayarte.

-Prefiero ir solo-afirmó el joven. Podrían pensar algo malo sobre nosotros.

- ¿Nos vemos esta noche? -comentó Jeremías sosteniéndolo de un brazo.

-Suéltame. Dejamos para mañana, esto me cayó mal-afirmó saliendo de prisa.

-Como gustes-musitó Jeremías temeroso del cariz que podían tomar la relación con su amado.

Blas llegó a su casa y encontró a sus padres conversando a viva voz.

-No soy partidario de la violencia,pero,¿cómo un tipo de esa calaña va a estar enseñando a nuestros hijos? ¡En cuanto esto se calme iré a platicar con la directora! Exijo que se pida un informe detallado de cada docente. Bastante pagamos mensualmente para que nuestros chicos tengan que vivir estas situaciones.

-Estoy de acuerdo-asintió Albertina. Pero primero, debes calmarte.Además,parece que lo golpearon para robarlo

-Patrañas, aunque la Directora intentó ocultarlo todos tenemos claro lo ocurrido -asintió el hombre.

-Con permiso-carraspeó Blas entrando cautelosamente.

-Hijo, imagino te enteraste lo acontecido con ese profesor de pacotilla-vociferó Tomeo apenas vio a su hijo.

-Así es, padre. El pobre profesor está en terapia intensiva.

-¿Lo disculpas? Es un degenerado, un promiscuo, hasta quizá un violador.

-Yo no vi nada de eso, José siempre fue muy educado.

- ¿Lo llamas por su nombre?¡Hasta donde hemos llegado! -exclamó el padre levantado los brazos al cielo. ¡Suerte que lo descubrieron, la influencia sobre nuestros hijos podría ser atroz!

-Disculpen, voy a recostarme, no me siento bien. Todo esto me afectó demasiado -comentó Blas dirigiéndose a su dormitorio.

-Estás colorado-comentó su madre que se había mantenido callada. Pero, ¡tienes fiebre! Vamos ya mismo a tu cuarto, llamaré a un médico de urgencia.

-No te preocupes, son solo nervios-susurró el joven.

-Insisto en que te vea un Doctor.Vamos , hijo.

-Maldito colegio, si a mi hijo le ocurre algo deberán escucharme. ¡Dónde se vio! -siguió gritando el hombre.

Jeremías entró al Sanatorio y averiguó la habitación de José. Sabía que ya no estaba en terapia intensiva, por eso pensó en brindarle su apoyo.

Tras un instante de duda se dirigió al cuarto indicado , mordiéndose los labios de disgusto al ver el estado en que se encontraba el pobre hombre.

-Profesor-tosió parándose en la puerta.

-Jeremías-acotó este con un hilo de voz. ¿Qué haces aquí?

-Quise verlo. Escuché lo sucedido, pero no estaba seguro si era verdad.

-Así es, querido. Soy Gay, y pese a mantener oculta a mi relación llegó a oídas de alguna persona que le molestan demasiado los homosexuales. Este es el resultado.

-Por suerte se recuperará-asintió el joven tomando asiento en una silla ubicada junto al herido.

-Así es. Pero debo marchar de la ciudad. Nadie me dará empleo, más bien, ni siquiera me saludarán.

-No piense eso. Esto quedará en el olvido.

-Eres muy optimista, hay cosas que no se desvanecen con el tiempo, especialmente en ciudades chicas.

-José, ya estoy de regreso-exclamó un hombre en ese momento. Disculpa…Buenos días.

-Marshall, te presento a Jeremías. Un alumno del grupo de sexto.

-Un gusto-sonrió el recién llegado. Saldré para que conversen.

-Jeremías ya se iba-afirmó José. Disculpa, pero no es bueno que te vean aquí.

-Entiendo-asintió el chico. Y lamento lo sucedido.

-Gracias. Saludos a Blas. Cuídense-agregó con una sonrisa protectora.

-Lo haremos -asintió el joven.

-Fuiste muy valiente en venir-sonrió Marshall acompañando a Jeremías hasta la salida.

-Es lo que correspondía. José siempre fue muy bueno con todos nosotros. Una pena tantos prejuicios e ignorancia.

-Así está el mundo hoy, no debemos perder la esperanza de que alguna vez cambie y todos seamos respetados de igual forma.

-Eso no sucederá si la gente de bien se queda quieta. Buena suerte-concluyó con firmeza.

-Gracias. También para ti-respondió Marshall emprendiendo el camino de regreso a la habitación de José.

Jeremías iba a llamar para ver como seguía Blas, cuando su padre entró a la casa y sin previo aviso lo zamarreó de un brazo.

-Dime que lo que se comenta no es verdad-rugió.

-¿A que te refieres?-tembló el chico pensando que los habían descubierto.

-Te vieron en el Sanatorio visitando al degenerado.

-Las noticias vuelan en este pueblo de mierda-refunfuñó el chico. Es verdad, pasé a saludarlo. Él pobre hombre está muy lastimado, y fue un buen profesor.

-No que iro que vuelvas a verlo, ¿entendiste?
¡Un hijo mío no debe mezclarse con ese tipo de
gente!

- Está bien, de cualquier forma, no pensaba ir
más. Solo fue una visita de cortesía-asintió
pensando que debía proteger su relación con
Blas.

-De acuerdo. Ahora me voy debo regresar a la
empresa.

-Hasta luego, papa. "Ahora llamaré a Blas,
desde que salió de su enfermedad me evita"-
decidió el chico cerrando la puerta con llave.

Blas, al fin me atiendes. Estaba preocupado.

-Estuve enfermo-acotó con frialdad.

-Lo sé, te llamé varias veces. Pero ya estás
yendo a la escuela, y apenas me saludas.

-Está bien. Creo que debemos conversar. Ya no
deseo seguir con esto-acotó con un hilo de voz
vigilando que sus padres no estuvieran cerca.

-Imagino que con "esto" te refieres a lo nuestro-
comentó Jeremías con tristeza.

-Así es. Fue lindo mientras duró, pero…no es el
momento ni el lugar. Esto debe acabar.

-Paso por tu casa y conversamos. ¡Por favor!

-No. Mis padres me vigilan y hoy viene Clara. Me gustaría dar un paso más con ella.

-Eres un cobrade-rugió Jeremías.

-Puede ser. Pero quiero vivir, y este es el único camino posible.

- ¿Llamas a eso vivir? ¡Pobre de ti! Eres un iluso. Adiós, Blas. Nos vemos en la fiesta de tu novia-cortó.

-Lo siento tanto. Pero te lo dije, no tengo tu valor-sollozó el joven hundiendo su rostro sobre la almohada.

El día de la reunión llegó y la casa de Clara estaba repleta de compañeros. La joven había invitado a los dos grupos de sexto, y prácticamente no había faltado ninguno.

Blas estaba conversando con la anfitriona, cuando de pronto lo vio. Con una camisa negra de alpaca y un pantalón haciendo juego, Jeremías caminaba lentamente hacia ellos.

-Hola, Clara .Gracias por invitarme. Estás bellísima, sin duda el rojo es tu color-susurro refiriéndose al corto vestido que realzaba la figura de la anfitriona.

-Hola. Pensé que no vendrías-silabeó la chica tomando la mano de Blas entre las suyas.

-Blas. Me alegra verlos juntos-murmuró recorriendo rápidamente el cuerpo de su examante.

-Gracias, Jeremías-asintió este bajando la mirada.

-Con permiso, voy a saludar a los demás -sonrió sirviéndose una copa de licor.

Varios tragos después, Jeremías comenzó a sentir náuseas, por lo que se encaminó rápidamente hacia el baño del segundo piso.

--*No debí tomar tanto, más bien, no debí venir. Blas se ha pasado con Clara toda la noche y no hemos podido conversar. Quizá sea mejor así, en unos meses terminaré mis estudios y me iré de este maldito pueblo, pero, ¿cómo podré vivir sin él?* -sollozó el joven sentándose en el wáter mientras se compadecía de sí mismo.

-Nunca te hizo bien beber. Te acompañaré a la salida y pediré un taxi.

- ¿Blas? ¿Qué haces aquí?

-Te vi tambalear y decidí segurite. Imaginé que ocurriría algo así, has bebido como un cosaco.

-Entonces también supondrás de quien es la culpa-susurró apretándolo contra la pared .Me encanta que me hayas seguido.

-Déjame , estás borracho. Solo vine para ayudarte.

-¿Estás seguro? Tu cuerpo no dice lo mismos, Blas-acotó cerrando la puerta del lugar.

-Abre de inmediato .Alguien podría vernos e imaginar que…

-Nos amamos- sonrío sarcástico. ¿Y serías capaz de desmentirlo? -agregó apoyando sus manos en la pared manteniendo aprisionado a su amante entre ellas.

-Debes irte, estoy con Clara ahora.

-Deja de engañarte-insistió Jeremías. Sabes que me quieres y nada podrá evitarlo. Vuelve conmigo, seremos discretos hasta que cumplas los dieciocho. Y yo cuidaré de ti hasta ese momento.

-No digas estupideces -comenzó a llorar Blas cediendo a las caricias de su amor. No hay lugar para los que son como nosotros en este maldito mundo. Mira al Prof.

-Shhhh.Te amo tanto-exclamó Jeremías besándolo.

-Lita, ¿has visto a Blas?Lo necesito con urgencia -preguntó Clara a una de sus invitadas.

-Lo vis subir tras Jeremías quien por cierto estaba muy borracho.Luego lo perdí de vista.

-Gracias-asintió la chica preocupada por lo que podía estar ocurriendo con esos dos juntos.

-¡Blas!-exclamó recorriendo varias veces todo el pasillo sin recibir respuesta. El baño está cerrado, espero que no se encuentren allí…juntos-susurró deteniéndose en la puerta del mismo.

Tras aspirar una bocanada de aire, tomó el pestillo de la puerta y abrió abruptamente.

-No puede estar pasando-gimió al observar a Blas medio desnudo en los brazos de Jeremías ¡Fuera de aquí! Sabía que eras un degenerando desde el momento en que te conocí.

-Pero no estoy solo-silabeó. Tú noviecito está conmigo.

-Sí dices una palabra de esto...¡Tú lo pervertiste! -amenazó la joven.

-Quédate tranquila, jamás perjudicaría a Blas . ¿Vamos, querido?-rogó estirando una mano hacia joven.

-Yo...lo siento, me quedo con Clara -respondió este angustiado.

-Te amo, y tú también. ¡No nos hagas esto!-suplicó Jeremías.

-Si tengo que repetírtelo una vez más te haré echar por la policía-silabeó Clara enfurecida. Ya escuchaste a Blas, ahora fuera de aquí.

-¿Blas?-repitió una última vez Jeremías sin recibir respuesta. Entiendo.

Buena suerte a los dos-se marchó sintiendo que casi no veía por las profundas lágrimas que corrían desde sus ojos.

-Me alegra que hayas encontrado a Blas-sonrió una chica al ver a Clara junto a este que se ataba rápidamente el cinturón.

-Así es-comentó esta fingiendo una sonrisa

-Clara, no es lo que piensas-susurró el avergonzado joven

-Apúrate.Hoy haremos público nuestro noviazgo. Y lo corroborarás si sabes lo que te conviene.

Jeremías se tomó una última copa y se dirigió a la puerta. Estaba subiéndose el cierre de la campera ,cuando escuhó la fuerte voz de Clara qué venía desde el comedor.

-Queridos amigos: Blas y yo tenemos algo muy importante que comunicarles. Estoy segura de que se alegrarán tanto como nosotros.

Suponiendo lo que seguía ,Jeremías ,abrió la puerta de la casa y salió al aire fresco. Una vez fuera, se sentó en un murito y rompió copiosamente a llorar.

-Seguro es una mala combinación del alcohol y el frio-añadió iniciando el camino a su casa.

Un poco más adelante paró un taxi y le dio la dirección de su vivienda. En ese instante ,se percató que la noche se había nublado tanto como su corazón. Presentía que todo había terminado.

-Debo desasistir, ¿pero ¿cómo hago?-se cubrió el rostro con las manos mientras el chofer lo contemplaba con recelo.

-¿Lo puedo ayudar?-preguntó el chofer con amabilidad.

-Ojalá pudiera, pero solo una persona podría lograrlo. Y no está interesado-suspiró recostando su cabeza en el asiento.

"La peor forma de extrañar a alguien es estar sentado a su lado y saber que nunca lo podrás tener"
Gabriel García Márquez

Capítulo III

Varias semanas después, los jóvenes permanecían distanciados y las preguntas volaban por el grupo de clase. ¿Qué habría pasado entre los dos amigos?
Todos sabían que Blas tenía novia, y suponían que a la muchacha no le gustaba que su pareja se vinculara demasiado con otras personas.
Pero ni una palabra había salido de la boca de los antiguos compinches, que se mantenían alejados y sin dar ningún tipo de explicación. Sin embargo, era notoria la tristeza que invadía a los jóvenes.
Poco a poco, el hecho fue quedando atrás, suplantado por otros sucesos escolares y el interés por el tema se perdió en el pasado. Sorpresivamente, Jeremías recobró el buen humor que lo caracterizaba y pareció olvidar a su antiguo amigo. Hasta aquella extraña tarde en los jóvenes coincidieron en la cantina y todo volvió a cambiar.

-Jeremías -tosió Blas sonriendo a su antiguo novio . Hace tiempo que no conversamos, ¿cómo has estado?

-Muy bien. No preciso preguntarte, sé que tu romance marcha viento en popa.

-Así es. en realidad…yo .Quería disculparme contigo.

-Para nada, está todo bien. Cada uno en sus cosas, como debe ser.

-Jeremías-llamó en ese momento otra compañera. Ven un minuto, hay algo que quiero preguntarte. En realidad, a los dos. Perdón, ¿interrumpo? -preguntó confusa observando el silencio que se estableció enseguida entre los amigos.

-Para nada, solo estábamos intercambiando opiniones. Dime que precisas-agregó Jeremías.

-Será mejor que conversemos más tarde. Dé cualquier forma no es urgente-musitó la chica sintiendo comprendiendo que estaba de más.

-No, habla por favor-rogó Blas.

-El próximo sábado Titina da una fiesta por su cumpleaños. Quería saber si podían ir.

-Con mucho gusto-asintió Jeremías.

-¿Blas?-preguntó la joven.

-Hablaré con Clara y te respondo.

-La invitación es para ti solo, es una reunión solo para los de la clase. No irán "parejas"

-Hoy mismo te confirmo -asintió un cabizbajo Blas.

-No demores porque hay que preparar todo.

-Entiendo, en un rato tendrás mi respuesta-reiteró.

-Bien , me voy. Tengo que hacer-comentó Jeremías.

-Salgo contigo. Tengo muchas invitaciones que realizar todavía.

-Tú primero-susurró Jeremías señalando la puerta.

- *"Quien sabe si va-escuchó Blas que murmuraba la chica mientras salía con Jeremías. Su novia es muy celosa, se dice que no lo deja dar un paso sin ella"*

-Vaya a saber -carcajeó Jeremías.

Blas observó salir a los dos chicos riendo y entrecerró los ojos. Sabía que no podía seguir viviendo de esa forma, la relación con Clara se había convertido en una tortura, y ya no podía seguir fingiendo amarla.

-Mi corazón tiene dueño y eso nunca cambiará. Y algo me dice que lo perderé si no actuó rápidamente-decidió emprendiendo la marcha hacia su casa.

-Entonces ,¿contamos contigo?-preguntó al joven besando fugazmente la mejilla de Jeremías.

Por supuesto. Allí estaré.

Cerca de treinta compañeros estaban reunidos en casa de Titina cuando Blas llegó pasada las veintiuna.

-Pensamos que no vendrías-aplaudió una compañera. Es más, nos extraña que tu novia te haya dado permiso-bromeó.

-Soy un chico libre-afirmó con seriedad. Sólo trato de mantener un equilibrio en mi vida.

-Oh, el amor, el amor-exclamó otro aplaudiendo.

El recién llegado prefirió no responde y tras pegar una rápida mirada a su antiguo novio que estaba a un poco alejado del grupo ubicó junto a su compañero. La conversación cambió de rumbo hasta que, cerca de media noche ,Jeremías se paró abruptamente.

-Debo irme , me esperan.

- ¿Cuándo la presentarás? -río Santi uno de los anfitriones.

 -Recién hace un mes que salimos, prometo que si llegamos a los dos meses gritaré a los cuatro vientos: Jeremías se enamoró.

-Bravo-aplaudió la cumpleañera levantando su copa con sidra. ¡Vivan los novios!

Jeremías hizo como si le tirara un vaso a la chistosa y rápidamente se perdió en la oscuridad nocturna. Blas observó de reojo partir a su antiguo amante y sintiendo una punzada de celos continuó conversando como si no pasara nada.

-Bien, también me marcho-exclamó una de las chicas presentes. Ya son las dos tengo que irme o me matarán.

-Me parece perfecto -asintió Blas sin demostrar el alivio que sentía porque la fiesta acabara. También debo marchar.

-Bien gente, aquí termina el cumple-aplaudió la organizadora siendo coreada por el resto.

Sin titubear, Blas se puso su campera y salió para casa de Jeremías, necesitaba urgentemente conversar con él. Estaba decidido a esperarlo hasta el amanecer si fuera necesario. Una vez en el lugar, se sentó junto al tronco que solían ocupar antiguamente para conversar y robarse algunos besos ,mientras prestaba atención por si llegaba a ver entrar a su antiguo amante.

-Tal vez ya se encuentra durmiendo. O no venga en toda la noche-susurró sintiendo otra punzada en el pecho. Igual me quedaré, debo hablar con él a como dé lugar. ¿Pero que puedo decirle? "Jeremías te amo y quiero otra oportunidad" Había terminado de susurrar esas palabras cuando observó la figura de su amante abriendo la puerta del jardín. Rápidamente se paró, e interceptó su camino.

-Hola-saludó como si lo hubiera visto el día
anterior
-Blas, ¿Qué haces aquí?-tartamudeó el
muchacho.
-Esperándote -tragó .
-¿Qué es tan grave que no podía esperar hasta
mañana? O hablar por teléfono preguntó este -
fingiendo indiferencia.
-Yo…lo siento. Sé que no merezco tu perdón,
pero …te amo. Siempre fue así, y si todavía
sientes algo por mí….
-Ven aquí-sollozó jeremías abrazándolo.
También te extrañé.
Los jóvenes se ocultaron bajo su árbol y
comenzaron a acariciarse alocadamente.
-Lamento todo esto. Y no quiero intervenir si
tienes una nueva relación.
-Shhhh.Mira esto-comentó señalando la gastada
madera. Escribí nuestros nombres en el tronco
apenas me dejaste. Tenía esperanza de que
algún día, regresaras y los leyéramos juntos.

-Y aquí estoy, esta vez para siempre -acotó Blas metiendo una de sus manos por la chaqueta de su novio.

-Más vale, porque esta vez, no te dejaré escapar-susurró Jeremías besándolo.

La clase no hizo ningún comentario cuando la amistad entres e Jeremías y Blas retomó su cauce. Los chicos eran muy queridos en el grupo, y todos se sintieron felices de verlos juntos otra vez.

Blas siguió encontrándose con Clara que, si bien notaba un cambio en su novio, no logra comprender a que se debía. Ni una sola palabra salía de los labios de este.

-Me alegra que hayas solucionado sus diferencias con Blas-comenta la madre de Jeremías mientras cenaban .Al fin y al cabo, han sido amigos desde que gateaban. No era justo que se alejaran por una chica.

-Jjajaja.Conversamos y arreglamos la confusión. Hay tiempo para todo. Además, el próximo año alquilaremos una habitación en la ciudad para continuar nuestros estudios-comentó el joven lamentando interiormente mentir a sus padres.

-Eso indica que no serás carpintero-sonrió Dionisio. Y no creo que tu hermana quiera seguir el negocio familiar.

-Yo me iré a estudiar a Estados Unidos-gritó la joven. ¡Quiero ir a Harvard!

-Vaya, que humildad-bromeó Ela.

-El primo Teo adora la carpintería, es tu sucesor ideal-afirmó Jeremías.

-No veo otra salida. En fin ,cuenten como estuvo su día.-agregó Dioniso restando importancia al asunto.

Blas escuchaba hablar a Clara sin imaginar que la joven estaba enterada de la reanudación del vínculo con Jeremías. La chica mantenía amistad con alguna de los compañeros de este, y había logrado descubrir el resurgimiento de la relación entre ambos.

-Debo estar atenta, y si observo algo extraño pararlo de inmediato. Por ahora mantendré silencio-decidió llevando la mochila de su novio a su habitación.

Estaba por regresar al living, cuando vio que por el bolsillo delantero del bolso asomaba parte del boletín de notas.

-Se lo acomodaré, así no se le rompe. En el momento en que corría el tosco cierre, otra hoja con un corazón de portada cayó al suelo. ¿Y esto? - refunfuñó Dios Mío, ha vuelto a las andadas. Es de Jeremías y tiene marcada una cita para hoy. No me deja otro remedio, debo hablar con sus padres, es la única forma de poner fin a esto. Por el momento, me haré la tonta, no debe sospechar que leí su presunta cita -suspiró conteniendo la furia.

-Demoraste mucho-comentó el joven sin pensar en el descubrimiento de Clara.

-Me acordé que precisaba un material, pero no lo encontré-sonrió sin dejar percibir sus sentimientos.

-Bien, debo irme. Tengo que preparar un escrito.
Y de paso, podrás buscar a fondo tus papeles.-
comento el joven desperezándose.

- ¿Pasas mañana? -preguntó Clara
inocentemente.

 -Te aviso-sonrió este dándole un rápido beso.
Me voy o se hará muy tarde.

-Quedo a la espera -acotó entrecerrando los
ojos. "Debes apurarte o llegarás tarde   para tu
cita"-murmuró esta dirigiéndose
inmediatamente al teléfono.Verás lo que es
bueno. O serás mío o de nadie-pronunció con
furia.

Jeremías vio la figura de su novio avanzar por la
calle y corrió hasta él.

-Ten cuidado, pueden vernos-sonrió Blas
mirando para todos lados.

-Tonterías, ven, vamos hasta el rosedal, tengo
varias cosas que mostrarte.

-MMMMMM.Parece que estás empeñado en ir
presos-se burló el joven haciendo un gesto
obsceno.

-Nada de eso. Recuerda que queda poco tiempo para que el año finalice, debemos a comenzar a buscar habitación.

-Es verdad-respondió Blas temeroso.

-¿No te arrepentirás , ¿verdad?

 -De ninguna manera. Debo confesar que tengo miedo, pero…mi amor es más fuerte.

-Eso me gusta-sonrió Jeremías.

-Y ahora apúremonos,debo llegar temprano a casa-suspiró.

-Sus deseos son órdenes para mí,caballero-bromeó Jeremías.

Blas paso la llave de la puerta sin notar a su padre que esta fumando en la cocina.

- ¿Dónde estabas? -preguntó sin encender la luz.

-Papá, me asustaste-comentó sobresaltándose.

-Te pregunté dónde estabas-insisto el hombre encendiendo una vieja portátil.

-En casa de Clara.

-Ella llamó hace rato para ver si habías llegado bien porque te notó muy nervioso. Por tercera vez, ¿dónde estabas?

-Me puse caminar por la rambla y perdí noción del tiempo. Lo siento, y ahora te dejo, debo preparar un escrito.

-No te preocupes por ese escrito, mañana te vas de aquí.

- ¿Quéeee? -exclamó el joven.

-Ya no me mientas, sé que estuviste con Jeremías-llorisqueó el hombre. Clarita me advirtió que se encontrarían y me negué a creerle.Finalmente,fui al lugar que esta me dijo y te vi con ese degenerado. Avisé a sus padres y espero que tomen las medidas correspondientes.

- *"Por eso demoró tanto, estaba revisando mi mochila"*-recordó el chico. Papá yo…lo amo

-Estás enfermo. Por eso mañana partirás a una clínica psiquiátrica, llamé hace un rato y aseguraron que te curarían. Ve a preparar tus cosas.

-Mama, ayúdame -sollozó al ver aparecer a la mujer.

-Tu padre tiene razón, querido. Es lo mejor para todos. No estás bien de la cabeza.

-Lo siento, no iré a ningún lado-exclamó
cobrando fuerzas.

-Si sabes lo que te conviene, aceptarás lo que te
digo. Todavía eres menor y estás a mi cargo. O
te tiraré a la calle con lo puesto , quiero ver si tu
amante te ayuda en esas condiciones.

-Eres una mierda-gimió enfrentando a su
padre.Huiré con Jeremías.

-Hijo de puta, maricón-vociferó el hombre
tirándose encima de su hijo.

-Querido, no. Recuerda que está muy enfermo-
gimió la mujer interponiéndose entre ambos.

-No lo repetiré: Ve aperar tu bolso o dormirás en
la vereda. Prefiero un hijo muerto que un puto.

Sin decir una palabra, el joven subió a su
habitación y cerró la puerta con llave para hablar
con Jeremías.

-Querido, debemos huir hoy mismo. ¡No sabes
lo que ocurrió en casa!

-Ahora no puedo, estoy ocupado. Té llamo en
quince.

 -Tenemos que hablar-reiteró Blas.

-Espera un minuto, mis padres me llaman.

-Esta bien -asintió el joven sintiendo que una profunda soledad lo invadía.

-En cuanto vea que deseante llamo .Y me explicas el motivo del apuro-cortó abruptamente.

-Será demasiado tarde -fue lo último que dijo antes de tomar la tijera y tirarse sobre la cama.

Jeremías bajó al living y se acercó a su padre ,que sin mediar una palaba le tiró un puñetazo.

-Degenerado,acabo de enterarme de lo sucedido.¡Eres un puto de mierda!

-Es verdad,soy homosexual.Y estoy orgulloso de mi orientación sexual-refutó el joven con rebeldía.

-Verás que tal orgulloso estás cuando tengas que bastarte por ti mismo.Junta tus cosas y vete de esta casa,no quiero promiscuos viviendo bajo mi techo.

-Dioniso ,por favor. ¡Es tu hijo!

-No lo es, yo no puedo haber engendrado un monstruo de este tipo-vociferó el hombre.

-Papá tiene razón, será mejor me vaya-acotó limpiándose la sangre para dirigirse a su habitación con la idea de armar su bolso. Ahora entendía porque Blas tenía tanta urgencia en hablarle.

-Sus padres se enteraron y lo deben haber amenazado con correrlo, igual que a mí . Pero iré ya mismo a buscarlo y nos marcharemos. En poco tiempo cumpliremos la mayoría de edad y nadie podrá molestarnos. Deberemos dejar el estudio para más adelante, pero no importa. Estaremos juntos, y eso es más que suficiente. Saldré por la ventana, no puedo soportar ver a mi familia ni un minuto más -acotó mientras abría los vidrios para ir en busca de su amante. Faltaban unos metros para llegar a casa de su amado cuando observó una ambulancia detenida en la casa de los Arévalos.

- ¿Qué ha sucedido? -preguntó a un hombre que observaba lo sucedido.

-Parece que el chico intentó suicidarse. No se sabe el motivo.

-Dios mío-corrió gritando el nombre de Blas.

¡Aquí estoy!

-No puede pasar-lo detuvo un policía.

-Soy su…mejor amigo. Deseo verlo-insistió Jeremías.

-¿Pero ¿cómo te atreves? Aléjate inmediatamente. Si mi hijo muere será por tu culpa. ¡Tú lo pervertiste!-vociferó Tomeo queriendo golpear al recién llegado.

-Estás equivocado, habíamos terminado y tu hijo volvió a buscarme. ¡NOS AMAMOS! -gritó. Y siempre será así.

 -Vete de aquí. ¡Déjalo en paz!-rogó la madre del chico!

Jeremías observó como subían aun pálido Blas a la ambulancia, y preguntó con los ojos vacíos.

- ¿Vivirá?

-Solo si lo dejas tranquilo-asintió Albertina Mi hijo es débil.

-Te advertí que no te acercaras. Pero no me hiciste caso-escucho la chillona voz de Clara que llegaba desde un poco más atrás.

El joven asintió y cargó su mochila al hombro. Con un poco de suerte, habría algún interdepartamental que lo llevaría a Montevideo. Quizá algún día....

Jeremías cerró el taller mecánico donde trabajaba y se dispuso a leer la carta de su hermana, con quien había seguido en contacto desde el momento en que había partido de su casa tres años antes.

-*"Blas se casa el mes que viene. Su padre tiene cáncer y desea presenciar la boda. Tenía que decirtelo,sería peor que te enteraras por otro.Y yo parto para Washington la semana que viene. Me gané una beca en una Universidad , no tan importante como Harvard, pero servirá para mis planes"*

-Me alegro mucho por ti.Te deseo toda la felicidad del mundo-acotó arrugando el papel entre sus manos. *"Y ya es hora de que yo continúe con mi vida"*-suspiró el joven.

-Quizá algún día te decidas a visitarme-decía el último renglón.

-Iré, te lo prometo-afirmó el joven tirando la hoja
en la basura.

Como todas las tardes, la hija del dueño del
taller se acercó a despedirlo.

-Buenas tardes , Jeremías. Nos vemos mañana.

-Espera un minuto, Melissa. ¿te gustaría tomar
un café? Hace tiempo que tengo ganas de
proponértelo, pero no me animo. En definitiva
,eres la hija de mi jefe.

-Pensé que nunca te decidirías -sonrió la joven
rodando los ojos.

-Pues lo hice, entonces ,¿Qué respondes?

-De mil amores-asintió la simpática chica
tomándolo de un brazo.

El alma que hablar puede con los ojos, también puede besar con la mirada (Gustavo Adolfo Bécquer)

<u>Parte II</u>

<u>Capítulo IV</u>

<u>Año 2018</u>

Jeremías observó entrar el taxi y tras pegarle una fugaz mirada continúo conversando con el cliente que estaba atendiendo en ese momento. Pese a que acostumbraba dar hora para consultas y arreglos, siempre había alguna persona nueva que llegaba sin conocer el sistema.

-Por eso tengo un empleado más-sonrió satisfecho. Para que nadie se vaya disconforme de nuestro local.

Efectivamente, apenas terminó de reflexionar, un chico se acercó diligentemente hasta el recién llegado.

-Ponga su vehículo por aquí-exclamó el muchacho. Y pase a nuestra oficina a tomar un café mientras lo reviso.

-De acuerdo. Muchas gracias-anunció el recién llegado.

-Jefe, llegó uno nuevo-exclamó el eficiente empleado.

-Ya voy, atiéndelo como corresponde.

Jeremías despidió al cliente con el cual estaba reunido y se dirigió de inmediato a su despacho. Pese a tener una gran confianza en sus trabajadores, gustaba conversar personalmente con cada interesado que llegaba.

-Creo que eso ha convertido en mi taller en uno de los más reconocidos de la ciudad-sonrió encendiendo rápidamente un cigarro. El dueño del local siempre está presente. Luego de pegar unas pocas pitadas, apagó el pucho contra el suelo y se dirigió a su despacho.

-Ya estoy de lleno en el coche -gritó el funcionario que estaba revisando el taxi.

-Excelente como siempre. Recuerda que te brinde un buen aumento-bromeó Jeremías.

-Gracias, jefe-sonrió abiertamente el trabajador observando al hombre que se perdía dentro del local.

-Buenos días. Mi nombre es Jeremías Tudor y soy el dueño del negocio. Es un gusto recibirlo- saludó contemplando a su nuevo cliente que se encontraba admirando unos cuadros de espaldas a la puerta.

-Muchas gracias-respondió. Me hablaron muy bien de este taller. Por eso deseaba conocerlo- comentó el hombre volteándose lentamente. ¿J- Jeremías? -titubeó sintiendo que su mano comenzaba a temblar.

-Blas - acotó el aludido .No puedo creerlo,pero,¿cuándo llegaste?¿Qué haces aquí?

-Hace cerca de treinta años que me vine a la ciudad. Al poco tiempo de la muerte de mi padre falleció mamá y bueno, decidí que no tenía ganas de seguir en el pueblo. Vendí todo y me vine, o vinimos más bien. Con mis dos hijos y …Clara.

-No has cambiado nada -asintió Jeremías contemplando esos profundos ojos azules que se mantenían igual a la última vez que los había visto. El tiempo ha sido bueno contigo.

-Graficas por esa dulce mentira. Pero tengo cuarenta años más, acabó de cumplir cincuenta y ocho.

-Como siempre, me has alcanzado. Y te ves mejor que nunca -tosió Jeremías.

 -Señor-entró el empleado interrumpiendo la conversación. Ya descubrí la falla. Si puede esperar dos horas podría irse con el auto como nuevo.

-Vaya que son eficientes, la persona que me los recomendó tenía razón-sonrió Blas. Tengo tiempo de sobra, iré a dar una vuelta por el barrio y regreso .Así no perturbo .

-De ninguna manera. Encargaremos unos bizcochos a la panadería y aprovecharemos a ponernos al día .Las bolas de nieve que venden por aquí son muy buenas.

-Veo que recuerdas mis gustos-asintió Blas.Acepto.Si no es molestia…

-Deja de decir tonterías, es lo menos que puedo hacer por un …viejo amigo-aclaró Jeremías al ver el rostro confundido de su ayudante.Con Blas nos conocimos hace unos cuantos años-explicó al joven que no se movía del lugar.

-Oh. Me alegra que hayan podido encontrarse -acotó el empleado sin saber que decir.

-Así es. Ve y realiza tu trabajo. Blas y yo aprovecharemos a recordar nuestra primera juventud -comentó abriendo la puerta de su despacho personal.

-Tienes un hermoso lugar-silbó Blas ubicándose en un cómodo sillón. Veo que finalmente dejaste el trabajo paterno.

-En realidad, el taller era del padre de mi esposa, quien falleció al poco tiempo de nacer nuestra hija. Yo continúe trabajando con mi suegro, y tras enseñarme el oficio, me dejó el negocio. Llegamos a ser los mejores amigos y su nieta fue la luz de sus ojos. Hace poco tuvo un infarto y siguió a mi querida Melissa.-acotó Jeremías con tristeza.

-Así que te casaste y tienes una hija. ¡Quien lo hubiera dicho!-sonrió Blas.

-Y una nieta adolescente. Brenda, de quince años. Viven en casa, mi hija era muy joven cuando quedó embrazada y el novio desapareció. Yo la crie a las dos. Pero ahora está por casarse así que …recomenzaré mi vida.

-Podrás contraer matrimonio otra vez.

-No lo sé, pero esta vez las cosas serán diferentes. Estamos en el siglo XXI, ya no hay necesidad de fingir-exclamó Jeremías mirando fijo a su antiguo amante. Pero dime, así que finalmente te quedaste con Clara.

-No tuve más remedio. Estuve en una clínica por unos meses y ella me esperó. Cómo te dije, nos casamos y vinimos a la capital. Nuestras visitas al pueblo se limitan a visitar a la madre de Clara que está en un residencial.

-Comprendo.Tu suegra no quiere moverse del sitio donde vivió toda su vida.

-Algo así. Supe que tus papás también fallecieron hace ya unos cuantos años-comentó Blas cambiando el tema.

-Así fue. Me enteré por mi hermana , ellos nunca quisieron volver a verme.Te acordarás de Roberta.

-Por supuesto.Una chica muy simpática e independiente..

-Eso dicen,hace tiempo se fue del país y tenemos muy poca comunicación. Y por lo que veo,cambiaste la odontología por el taxi.

-Es una larga historia -agregó Blas. Hay sueños que deben olvidarse cuando hay bocas que mantener.

-O dejar para más adelante-afirmó Jeremías.

-Con permiso, el coche está pronto. Cuando guste puede venir a probarlo-anunció el funcionario.

-Casi dos horas, como prometiste-rió Blas. Eres un verdadero genio.

-Gracias, Señor-suspiró el chico orgulloso.

-Vamos a probar esa máquina -asintió Jeremías.

Blas encendió el auto y lo sacó hasta la vereda, regresando de inmediato con una sonrisa de satisfacción en su rostro.

-Lo has dejado de maravilla. Ya no hace ruido, parece un gatito ronroneando.

-Bien, me alegro que se encuentre conforme. Ahora debo seguir, allí llega otro cliente.

-Y yo iré a pagar-asintió Blas sacando su billetera. Esto es para ti-comentó entregado una generosa propina al empleado.

-¡Gracias!-exclamó este al ver la importante suma.

-No tienes que abonar nada ,es un obsequio de la casa. Por el reencuentro-comentó Jeremías.

-No puedo aceptarlo. Has perdido demasiado tiempo arreglando mí coche.

-En realidad fue mi empleado. Además, tuvimos una linda conversación que me gustaría continuar. ¿Qué tal una cena de amigos? Quizá el próximo sábado puedas disponer de un rato para compartir con un viejo amigo.

-No lo sé, estoy casado y quizá venga la familia de visita.

-Olvidalo.Fue una tontería-asintió Jeremías
corriéndose el canoso jopo en un gesto
nervioso. Bien, me gustó encontrarte y saber
que eres feliz.

-Regresaré en otra oportunidad-comentó Blas
dirigiéndose a su coche.

-Cuando quieras. Y no olvides recomendarme -
bromeó Jeremías.

-Por supuesto. Adiós-se demoró el hombre al
abrir la puerta de su taxi.

- ¿Sucede algo? -preguntó Jeremías solícito.

- ¿A qué hora podríamos salir el sábado?

-Oh. Dime tú, aquí cerramos a las catorce.
Quedo libre partir de ese momento, o más bien
tengo otras reuniones, pero se pueden
replantear.

-No quisiera molestar.

-Déjate de decir tonterías. Yo te invité.

-A las diecinueve sería ideal. Generalmente
guardo el taxi a las cinco y el domingo no
trabajo.

-Aquí tienes mi tarjeta-sonrió Jeremías. Ahora
dame tu teléfono.

-Anota en tu celular,para algo están estos aparatos-carcajeó el hombre. Ahora tenemos una cita.

-Así es-asintió Jeremias.No la olvidaría por nada.

-Tampoco yo-susurró el hombre enviándole a su amigo una mirada que lo hizo temblar. Adiós.

-No ha cambiado nada, sigue siendo el mismo jovencito del cual me enamoré. La vida nos tendió una jugarreta al traerlo a mi taller, ¿o habrá sido el destino? -balbuceó mirándolo partir,sin imaginar que no había sido una visita casual.

Jeremías entro a su casa tarareando una canción y se dirigió directo al baño.

-Alguien vino muy contento hoy-musitó su hija Ana.

-Me reencontré con un viejo amigo del pueblo y saldremso el sábado .Es alguien muy querido.

-¿Qué tan querido?-asintió su nieta Brenda. ¿Quizá un viejo novio?

-Brenda, por favor-gimió Jeremías poniéndose colorado.

-Parece que di en la tecla-anunció la chica moviendo graciosamente las cejas.

-Hija,¿cómo dices eso? Tu abuelo es heterosexual, perdónala no entiendo de dónde saca esas locas ideas.

-Olvídenlo, cosa de chicas. Será mejor que cenemos. ¿viene Milton? -preguntó Jeremías por su futuro yerno.

-Imposible, está haciendo horas extras. ¡Le pagan muy poco en ese almacén de mala muerte!-rezongó la joven.

-Sabe que tiene un lugar en mi taller. Necesito otro administrativo. Y tú podrías dejar la librería y ser mi recepcionista, el negocio cese y deseo modernizarlo.

-Hablaré con él en estos días.Gracias,pa.

-Eres mi hija.Debo y quiero ayudarte.

-Cuéntame más de tu viejo amigo-insistió Brenda apoyando los codos en la mesa mientras observaba exhaustivamente a su abuelo.

-No hay nada que decir, nos reencontramos casualmente y recordamos el pasado-carraspeó.

-Mmmmm.Me parece que hay gato encerrado-
susurró Brenda.

-Déjate de tonterías y ven ayudarme-rezongó
Ana tornado suevamente de una trenza de la
joven.

El sábado llegó, y tras acomodarse la campera
Blas salió al encuentro de su antiguo amante.

-Regreso en un rato.

-Estás muy elegante para ser una sencilla
reunión de amigos.-susurró la mujer.

-Gracias. Debo causar buena impresión,hace
mucho que no nos vemos-agregó sin pensar.

-No me has dicho el nombre de ese amigo.

- ¿Para qué quieres saberlo? -refunfuñó
Jeremías.

-Curiosidad. Tal vez me encuentre celosa y
tenga miedo que veas alguna chica.

-No querida, si es por eso, sabes que no debes
preocuparte.Hasta luego-comentó dándole un
rápido beso antes de salir.

-No me dijo el nombre, y ha estado muy misterioso la última semana. Debo hablar con Pedro, tal vez le pueda sacar algo-comentó recordando a su hijo.

Blas se detuvo en la puerta de "Mr. Chef" y esperó que fuera la hora fijada. Si Jeremías mantenía las viejas costumbres no demoraría en llegar.

-Jamás llegaba tarde a una cita-sonrió sobresaltándose al sentir que le tocaban el hombro.

-Hola-sonrió el aludido. ¿Hace mucho me esperas?

-Toda la vida-asintió Blas sin pensar.

-Entonces creo que estamos iguales-sonrió este señalando una mesa vacía. Creo que aquella es ideal para poder conversar.

-Me encanta el lugar elegido, alejado de todos y frente a este enorme ventanal. Parece esperarnos.

-Vamos entonces, antes que alguien se nos adelante.

Los hombres se acomodaron en el lugar y rápidamente comenzaron a conversar ,como si el tiempo no hubiera pasado entre ellos.

Cerca de media noche, Blas miró su reloj y decidió que era hora de marchar.

-Por ser la primera salida fue bastante larga- sonrió este.

-A mí me pareció bien corta. Pero me gustó escucharte ,especialmente tus últimas palabras. -agregó Jeremías.

- ¿A cuáles te refieres específicamente ?

-"Primera salida" Eso indica que habrá otras.

-No lo sé-dudó Blas.

- ¿No llegaste a mi negocio por recomendación, ¿verdad?-preguntó Jeremías guiñando un ojo.

- ¿Cómo lo has sabido?

-Lo adiviné. Después de tanto tiempo, aparecer, así de golpe, fue algo muy extraño.

-Está bien. Hace tiempo quería saber de ti y no me animaba. siempre hubo en mi vida un vacío existencia y al encontrarnos, comprendí el motivo. Pero tengo familia, estoy casado, ¿de qué sirvió todo esto sino para volver a torturarme?¡Y todavía darte esperanzas! - sollozó Blas levantándose sorpresivamente.

-Escucha, no te angusties. Estoy feliz de que me hayas buscado , y esta vez, iremos a tu ritmo. Pero no vuelas a irte.

Blas pensó un segundo y volvió a sentarse.

-De acuerdo. Si hay algo que tengo claro es que deseo pasar contigo el resto de mi vida.

-Otra vez hablamos el mismo idioma-comentó Jeremías besándolo en los nudillos. No voy a dejarte ir otra vez ,esta vez me quedaré. Pase lo que pase.

-Y yo lucharé con todas nuestras fuerzas por nuestro amor. -respondió el hombre como si los años hubieran ido en sentido contrario. Esta vez no me dejaré vencer.

-Veo un futuro promisorio esperándonos.
Estamos juntos-sonrió Jeremías apretando la
mano del hombre sobre la mesa.
-Coincido contigo-sonrió Blas sin quitarla.

*La persona que te merece es aquella que,
teniendo la libertad de hacer lo que quiere, te
elige a ti en todo momento*
Daireth Winehouse

<u>Capítulo V</u>

Blas y Jeremías retomaron su relación como si
nunca la hubieran dejado, como si fuera ayer el
día en que se separaron. Cansados de
encontrarse en diferentes sitios, decidieron
pagar por una habitación mensual en un alejado
Hotel Montevideano donde cada día se hacían
un tiempo para concretar su amor.
-Mi hija se muda muy pronto-comentó un día
Jeremías. Me gustaría que vineras vivir
conmigo.
-Sabes que no es posible -respondía Blas con
tristeza. Está Clara , mis hijos, mi nieto.

-Deben entender. Ya no somos los chicos de dieciocho años que vivíamos asustados porque temíamos que nos vieran. Además estamos en el siglo XXI.Hay muchas parejas como nosotros casadas.

-Dame tiempo. Sé que soy un idiota, pero necesito hacerme la idea de que te amo y especialmente que quizá mi familia deje de hablarme.

-No será fácil, pero debes intentarlo. Té necesito a mi lado.

-Es maravilloso ver como no temes decirle la verdad a tu hija y nieta, ¿qué hay si te rechazan?

-No lo harán , las eduqué en un ambiente de respeto y tolerancia.Ellas aceptarán mi decisión.

-¿Y si no lo hacen?

-Es mi vida, y tengo una sola. Apoyé a Ana cuando quedó embarazada, y estoy ayudando a mi futuro yerno constantemente -acotó frunciendo la nariz Lo menos que pueden hacer es aceptar mi deseo.

-Siempre fuiste valiente. Yo en cambio…

-No hablemos más de este tema. Volvamos a lo
nuestro, que tenemos poco tiempo.
-Así es, querido, ¡ahora que te encontré, no
puedo pensar la vida sin ti!
-Entonces no pienses. Sí Dios nos reunió, esto
seguro que encontrará
 la forma de que sigamos juntos.
-¡Qué feliz me hace escucharte! -susurró Blas
acariciado con una palma el ajado rostro de su
gran amor.
Dos horas más tarde, los hombres intentaban
separarse para regresar a su vida cotidiana.
-En cuanto mi hija se vaya mi casa será nuestro
nidito de amor. Te daré una llave y podrás dejar
algo de ropa. Será casi como un matrimonio de
verdad.
-Suena maravilloso, querido.
-Y antes que me olvide, el viernes mi nieta
Brenda cumple quince años por lo que su madre
hará un chocolate caliente para invitar algunas
amigas. Me gustaría que vinieras.
-Yo ...no sé. Quien sabe que dice tu familia.

-Ellos ya saben del viejo amigo que reencontré casualmente. Se pondrán contentos de saber que hay otra persona que se preocupa por mí.

-Si es así…iré.

-Excelente, luego ajustamos los detalles-sonrió Jeremías dándole un último beso antes de la separación. Té gustarán.

-Si tu nieta e hija son como tú…no lo dudo- sonrió dirigiéndose a su taxi.

-Sé que ya te lo dije, pero, me alegra que me hayas ubicado -comentó Jeremías. Siempre me sentí culpable por lo ocurrido, no debí haber huído como un cobarde.

-No podías hacer nada , y por otro lado, eso quedó atrás. Tenemos un futuro que construir- agregó Blas. Y ahora sí, me voy. No quiero levantar sospechas.

-Hasta pronto-asintió Jeremías dándole un último beso.

"Y espero que realmente te encuentres listo para soporta todos los temporales que vendrán cuando nuestro amor salga a la luz. No habrá otra oportunidad para nosotros"-susurró Jeremías tratando de quitar esas terribles ideas de su cabeza.

Blas entró a su casa y tras besar rápidamente a su esposa comenzó a prepararse para cenar.

-Llegaste muy tarde hoy-comentó esta siguiéndolo hasta el baño.

-Había mucho trabajo, quise aprovecharlo. Esta semana he perdido muchas horas por arreglos del coche.

-Entiendo.Recuerda que el domingo quedamos en ir al teatro con los Martínez-agregó la mujer nombrando a un matrimonio amigo.

-Es cierto. Y el sábado yo saldré un rato, tengo partido de bochas y de paso pasaré a saludar a la nieta de mi antiguo amigo que cumple años.

-Si deseas te acompaño-sugirió Clara.

-Será solo un minuto, ya que primero tendremos el partido mencionado. Ya habrá otra oportunidad-tembló Blas pensando en que no soportaría un enfrentamiento entre Clara y Jeremías.

-Sigo sin conocer el nombre de ese misterioso amigo.

-Quizá ni lo recuerdes,es alguien de mi juventud.

-Igual me gustaría saberlo-insistió la mujer. Compartimos la adolescencia ,por si lo has olvidado.

-Toca el timbre , luego hablamos-aprovechó el hombre para cambiar de tema.

-Está bien -asintió esta dirigiéndose hacia la puerta.

-Hola ,¿molestamos?-saludó Pedro el hijo mayor del matrimonio que llegaba con su hijo.

-Hijo querido. ¡No digas tonterías!

-Hola ,Papa-saludó sonriente. Té noto distinto,más juvenil.

-Gracias.No sabes lo bien que me hacen tus halagos.

-Serviré la cena-agregó Clara con sequedad.

-No vuelvas a decir algo así delante de tu madre. S ele ha metido en la cabeza que tengo otra mujer.

-Oh,¿y es real?-lo miró Pedro inquisitivo

-Tonterías. Sabes como es. Tampoco soy tan tonto para decírselo a mi hijo

-Me casé cuatro veces, así que…

-Siéntense -gritó Clara en ese momento.Vamos a cenar.

-Enseguida -gritó Pedro.

Horas después, Blas emitió un bostezo y resolvió irse adormir.

-Mañana saco temprano. Los dejo conversar tranquilos ,pero no me saquen el cuero-sonrió retirándose a su habitación.

-¿No comes un trozo de pastel?-preguntó su esposa asombrada. Preparé tu preferido.

-Lo pruebo con el desayuno. Estoy muy cansado.

-Como quieras -respondió Clara conteniendo su enojo.

-Adiós, abuelo. Recuerda que te comprometiste a llevarme a pasear en el taxi y enseñarme a manejar. Ya tengo diecisiete-añadió Justin

-No lo olvido. Esta semana comenzaremos.

- ¿Lo prometes?

-Por supuesto, querido. El jueves estoy más libre. Podría pasar a buscarte por el Colegio.

-Genial-aplaudió el chico.

-Ahora me voy a dormir-sonrió.

-Que descanses-asintió Pedro.

Una vez solo en el dormitorio, sacó su celular del bolsillo y comenzó a leer el mensaje de Jeremías.

-*"Buena noches ,querido. Sueña conmigo."*

- *"Así lo haré. Te quiero"*

-*También yo.* "Que invento maravilloso este pequeño aparatito"-suspiró Blas guardando su teléfono móvil en la mesa de luz.Sin duda, insuperable.

-Pedro, ahora que tu padre se acostó debemos conversar.

- ¿Sobre qué? -preguntó el hombre alertado previamente por Blas.

-Tu padre tiene a otra persona.

-Por favor, mamá, no digas tonterías.

-Tengo pruebas, ha llegado a tarde a casa varias veces.

-Espera un minuto., no sigas.Estoy seguro de que estás equivocada, pero si te hace feliz lo averiguaré,¿ de acuerdo?

-Te agradecería -asintió Clara. Quiero saber quien es mi rival.

-Insisito en que son ideas tuyas-insisitó.

-Puede ser. Serviré el postre.

-Dale. Así lo como mirando la tele-comentó Justin haciendo un gesto de cansancio a su padre.

Blas dudo en presentarse el sábado en la casa de su amante, pero finalmente compró un perfume fino para la cumpleañera y se presentó a la hora prevista.

-Disculpa no vine muy bien vestido, Clara me miraba como gallo de riña. Sospecha que hay otra, así que le dije que pasaría por el club y luego saludaría a tu nieta.

-Jajjjaaaa.Algún día tendrás que mencionarle mi nombre. Será peor si lo descubre por accidente.
-Pronto lo haré. Té lo prometo.
- ¿Por qué conversan en la puerta y no entran de una vez? -se oyó la cantarina voz de Ana.
-Buenas tardes-tosió Blas al ver a la mujer tan parecida su padre. Siento un poco de vergüenza.
-Tonterías.Adelante.Tengo entendido que es un viejo amigo de papá, así que es amigo de la casa.Le presentaré a mi hija y a mi prometido.
-Puedes tutearme-comentó Blas.
-Lo mismo digo-asintió esta guiñando un ojo.
La familia de Jeremías resultó encantadora y Blas se sintió como si os conociera desde siempre.
-Hubieras traído a tu esposa-comentó Ana. Así la conocíamos.
-En otro momento-respondió Blas haciendo un gesto esquivo.
-Cuando quieras, tienen la puerta de casa abierta-acotó la joven cambiando el tema.

-Son casi las veintidós, hora de irme. Fue un placer reunirme con ustedes.Jeremías,tienes una familia maravillosa.Cuídala.

-Por supuesto. Te acompaño hasta la calle.

-El amigo de papa resultó encantador. Ojalá le consiga una novia a t abuelo , en poco tiempo nos mudaremos y quedará solo-comentó Ana observando pro disimuladamente por la ventana.

-No te preocupes, Blas lo cuidará -sonrió Brenda observando carcajear a los dos hombres.

-Pero ya escuchaste, este tiene su familia-reiteró Milton.

-Se hará tiempo para todo. Y muy especialmente pata el abuelo-asintió la enigmática adolescente.

-Gracias por venir. Fue una velada estupenda-comentó Jeremías en ese momento.

-Debo confesrar que hacái tiempo no pasaba tan bien.Sin duda ,regesaré.

-Por supuesto, y voy a aprovechar para invitarte a unas reuniones que comenzamos a organizar con unos amigos. Son como nosotros, la mayoría más grande -comentó Jeremías al pasar.

- ¿A qué te tipo de reunión te refieres? No soy de salir demasiado.

-Está bien, esperaba decírtelo en otra oportunidad, pero…Unos amigos Gays están organizando un Residencial para gente mayor, donde podamos ser libres y vivir como nos guste. Quería invitarte a participar.

-Te agradezco, pero eso no es para mí. Tengo una familia, un status que cuidar -asintió Blas.

-Pensé que en algún momento te mudarías conmigo. Y no siempre seremos jóvenes, tal vez algún día precisemos un sitio para apoyarnos mutuamente-susurró Jeremías.

-Yo…lo pensaré. Todo esto es demasiado para asimilarlo de golpe.

-Bien ,piénsalo.Nos reunimos los jueves a eso de las diecisiete en el Row Club de Bochas.

-Aunque quisiera es imposible. Justo ese día prometí a mi nieto enseñarle a manejar. Comenzamos las quince, no creo que llegue.

-No te preocupes ,habrá otras reuniones. Pero no deseo que te sientas comprometido.Nada más quería que lo supieras.

-Lo recordaré-asintió el hombre.

Jeremías se estaba bañando justo que su celular comenzó a sonaren la mesa del comedor.

-Raro a esta hora ,veré si desea ue se lo alcance ,pero antes pegaré una mirada-susurró contemplando que nadie la descubriera. ¡Lo sabía! Ese Blas gusta del abuelo, siempre sospeché que era Gay, pero…Estaré atenta para apoyarlo en caso de que…decidan vivir juntos el día en que nosotros nos marchemos. O mamá se ponga difícil, lo cual no creo-acotó la joven dejando el teléfono en el mismo lugar. Será mejor que le pregunte al abuelo si quiere que se lo lleve -decidió la chica.

-Abuelo, tu celular está sonando -gritó.

-No te preocupes, en cuanto salga de aquí lo levanto.

-Ok.Se encuentra en el living-confirmó dismuladamante.

La obra de teatro finalizó y Blas fue junto a su esposa comer con el matrimonio amigo.

- *"Tal vez Jeremías tenga razón y debamos colaborar con el residencial. Nunca se sabe, y yo cada vez lo extraño más. Mi familia y amigos me repudiarán si me voy con un hombre,pero,¿acaso eso importa? Creo que debo participar"*

- ¿Estás de acuerdo, Jeremías? -preguntó su amigo en ese instante.

-Perdón, estaba distraído-respondió este volviendo a la realidad.

-Hoy estás en la luna-asintió el hombre mientras Clara enviaba a su esposo una mirada de reproche.

-Mucho trabajo, estoy pensando en dejar horas mi nieto y yo realizar otras cosas pendientes.

-Es una buena idea-comentó el hombre.
¡Estamos en una edad excelente para disfrutar!
Tal vez te siga y salgamos juntos.
-Buena idea -fingió Blas
-¿Y nosotras?-rezongó Clara.
-Salgan a tomar al té, como siempre -bromeó
Blas mientras las dos mujeres los miraban con
odio.
-No se pongan así, saben que no somos nadas
sin ustedes-río el Señor Martínez ¿verdad, mi
amigo?
Por supuesto-asintió Blas. Son la luz de
nuestros ojos-fingió bajando la mirada.

*Lo que se hace por amor está más allá del bien
y del mal*
Friedrich Nietzsche

Capítulo VI

Eran las dieciséis y treinta cuando Blas recordó
a la reunión a que había sido invitado por
Jeremías.

-Podría decir a Justin que por hoy hemos
terminando e ir un rato a ver de qué se trata-
reflexionó Blas perdiendo su mirada en el los
árboles del Parque Batlle donde solían realizar
la práctica.

-Abuelo, no me has escuchado-rezongó el
aprendiz. Te pregunté cuántas clases más crees
que precisaría.

- ¿Un? -Perdona, estaba distraído. ¿Qué
decías?

-Cuantas clases necesitaré para ser un buen
chofer , me gustaría manejar el taxi contigo, tal
vez podría conducir algunas horas.

-Pero querido, debes estudiar. El próximo año
irás a la Universidad.

-No deseo continuar mis estudios. Finalizaré bachillerato y listo. Necesito trabajar.

- ¿Y por qué tanto apuro? ¿Acaso te falta algo?

-Quiero irme a vivir solo y hacer mi vida.

-Vaya, que apurado-carcajeó Blas.

-Lo que sucede es que no entiendes -agregó Justin con un brillo especial en los ojos.

-Explícame entonces-comentó el hombre asombrado del cariz que había tomado el tema.

-Más adelante. Volvamos a nuestra clase.

-Estaba pensando que podríamos ir a una reunión sobre unas viviendas que organiza un amigo. Me gustaría saber de qué se trata.

-Imagino que debe ser ese antiguo amigo que apareció de pronto.

-¿Cómo lo sabes?

-La abuela lo repite constantemente , tiene loco a mi padre. Ella dice que es un invento tuyo para verte con una mujer.

-Tu abuela tiene mala memoria-sonrío. "Por suerte"

-No comprendo a que te refieres.

-Tonterías,entonces,¿me llevas a ese lugar?
Ahora eres mi chofer.

-Por supuesto. Dame la dirección -aceptó Justin.

-Aquí tienes.Conduce bien ,por favor. Pretendo llegar vivo y con el taxi entero-bromeó.

La reunión había comenzado cuando abuelo y nieto llegaron. Silenciosamente los hombres se sentaron en el fondo del salón con la idea de no interrumpir al orador.

Ya había cerca de una veintena de personas en el local en el momento en que se ubicaron, y no todas parecían mayores.Justamente en ese momento, un *joven de aproximadamente unos veinte años tenía la palabra.*

"Ustedes se preguntarán porque yo, qué apenas paso la veintena, me tomo tan en serio este objetivo, imagino que en su cabeza pasará, ¿qué hace este capullo mezclado en un asunto que compete a gente mayor? Pues es muy claro, Señores-exclamó el joven apretando los puños. Soy enfermero y trabajo en residenciales de ancianos, y he visto a nuestra gente sufrir, en pleno siglo XXI, porque no respetan su orientación sexual. Mientras parejas heterosexuales tiene su propio dormitorio y conviven como tales, nuestra gente se ve obligada a presentirse como amigos. Y eso,estimados, ¡debe erradicarse de raíz! -gritó el llamado Diego corriéndose el cobrizo cerquillo del rostro. Es hora de cambiar la pisada.

-Bravo-aplaudió Justin parándose delante de su butaca sin dar corte a la gente que se daba vuelta a observarlo.

-Siéntate, querido-comentó Blas. Hemos logrado llamar la atención.

-Blas-exclamó en ese momento Jeremías que se encontraba detrás del escenario. Pensé que no vendrías.

-Yo…-cambié de opinión-susurró enrojeciendo.

-Y este joven tan inquieto debe ser tu nieto.

-Hola. Soy Justin -agregó este estirando la mano en señal de saludo.

-Un gusto. Soy Jeremías, un viejo amigo de tu abuelo.

-Lo imaginaba-asintió dando un codazo a Blas.

- ¿Qu está sucediendo? -se escuchó en ese momento la voz del orador que llegaba hasta ellos. Buenas tardes, soy Diego Pérez-musitó mirando fijamente a Justin.

-Soy Justin. Y me encantó escucharte, apoyo totalmente lo que dices. Y me gustaría colaborar ,si es que me permites.

-Muchas gracias-sonrió este sin quitarle la mirada de encima. Por supuesto, toda ayuda es bienvenida. Tal vez puedas darme tu opinión en unos panfletos que estoy armando.

- Cuenta conmigo-asintió Justin siguiendo al joven.

-Las nuevas generaciones no tiene miedo- comentó Jeremías suavemente.

-Por suerte, eso me da esperanza. No todo está perdido.

- ¿Tomas un café? Podemos conversar un rato mientras los chicos se conocen.

-De acuerdo-añadió pensativo observando al cálido vínculo que había surgido entre su nieto y Diego.

Una hora después, Jeremías decidió que era hora de marchar y se despidió de su amante.

-Te llamo esta semana, quizá puedas venir el próximo jueves-comentó un entusiasmado Jeremías.

-Lo intentaré ,pero no puedo prometerte nada. Sabes que Clara está atenta a todos mis movimientos,

-De cualquier forma, me gustaría que nos encontráramos uno de estos días en el Hotel. Te extraño, Blas.

-También yo. Arreglamos en estos días.

-Perfecto-asintió Jeremías besando la mejilla del hombre.

-Abuelo, lamento interrumpir. Pero son casi las veinte. La abuela estará como loca, ni siquiera contestamos las llamadas que nos hizo al celular.

-Es verdad-reconoció el hombre. Lámala mientras me despido de Jeremías.

-Ufff, está bien -rezongó el muchacho.

-Adiós ,Justin.Fue un gusto conocerte-sonrió Jeremías,espero vovler a verte.

-Me verás seguido. Voy a colaborar con ustedes, Diego acaba de invitarme, y yo acepté-sonrió contemplando cálidamente al joven.

-Creo que es una buena idea-asintió Jeremías. Y trata de convencer a tu abuelo para que te siga.

-Por supuesto, ¿escuchaste ,abuelo?

-Justin ,no creo que tu padre se ponga muy feliz al saber que estás mezclado en este asunto.

-Abuelo, ¿quieres dejar de tener tanto miedo? Sí mantienes tu boca cerrada, no se enterará. Por lo menos hasta que cumpla los dieciocho.

-El chico tiene razón, no hay necesidad de contar nada.

-No me gusta mentir.

-Si no hablas, no mientes. Mantente callado y déjame todo a mí-rezongó Justin

-Está bien, jefe-sonrió Blas sin percibir la extraña mirada de Jeremías.

Blas manejaba hacia su casa, y al detenerse en un semáforo, escuchó a la susurrante voz de su nieto.

-Jeremías es algo más que un amigo, ¿verdad, abuelo? No hay ninguna mujer en tu vida.

-Deja de decir pavadas, es un compadre de mi pueblo.

-No me mientas , abuelo. Sospecho que somos iguales. Creo que sabes a que me refiero.

-¿Estás tratando de decirme que…?

-Soy Gay , abuelo. Hace tiempo que lo sé.

-Tu padre morirá si se entera.

-¿Quieres dejar de nombrarlo? ¡Se trata de mi vida , no la de él!-vociferó el muchacho.

-Está bien, será nuestro secreto. Conocí a Jeremías cuando tenía tu edad y tuvimos que separarnos por motivos personales-comentó arrancando al escuchar los fuertes bocinazos indicado que la luz había cambiado. Pero jamás dejé de amarlo.

-Y por lo que detecté es recíproco, su mirada lo vende. ¿Y qué esperas para mudarte con él? -preguntó el chico sorpresivamente.

-Querido-titubeó Blas. Soy un hombre grande, tengo dos hijos, un nieto. Es maravilloso ver lo sencillo que resulta todo para ti, pero no es tan fácil. Las cosas no funcionan así.

-Por eso mismo, la vida no espera-anunció con una madurez poco común.

-Y por si lo olvidas, está tu abuela. No puedo abandonarla.

- Ella puede reconstruir su vida también. Todavía es joven, y, en definitiva, la estás engañando. Amas a otro.

-Ojalá fuera tan simple, quizá ella prefiera vivir engañada.

- ¿Y quién dijo que conquistar lo que amamos sería sencillo? No dejaré que me ocurra lo mismo que a ti-exclamó Justin con un gesto de rebeldía.

-Yo tampoco lo permitiré, estoy de tu lado. Puedes estar seguro- afirmó Blas con firmeza.

-Confió en ti ,abuelo. No lo olvides.

-Hemos llegado. Cambiemos el tema -advirtió Blas.

Tal como acordaron, los hombres entraron a su casa conversando de otros asuntos , y no vieron a Clara sentada llorando en un sillón.

-Clarita, ¿qué te sucede?-preguntó Jeremías preocupado.

- ¿Tan difícil era pegar un telefonazo? ¡La calle está muy peligrosa, pensé que les había ocurrido algo!

-Abuela, no hables tonterías. Te hubieran llamado para avisarte. Con permiso, voy a mi habitación-acotó subiendo las escaleras que lo dirigían a su habitación.

-Espera ,Justin. Tú padre estuvo llamando, quería saber si te quedarías aquí o irías a tu casa.

-Le avisaré que me quedo. Su nueva mujer es repugnante. Gracias, abuelo. La próxima semana continuamos con las clases-sonrió el chico cerrando la puerta de su cuarto.

-Ya escuchaste a tu nieto. Comeré una fruta y me iré adormir. Ya son casi las veintidós-añadió Blas.

-¿No cenarás? Hice albóndigas con salsa, sé que te encantan.

-No tengo ganas ,quedarán para el almuerzo. Gracias, querida-sonrió besándole la cabeza. Será mejor que te acuestes, pasaré por mi despacho a ordenar unos papeles.

-Hablaré con Pedro. Estos dos son capaces de cualquier cosa-musitó Clara frunciendo el entrecejo.

Jeremías estaba leyendo el periódico en su dormitorio en el momento que sonó su celular.

-Nos vemos el jueves, no creo que esta semana sea posible. Clara sospecha y todavía no estoy listo para salir. Te amo. Blas.

- ¿Hasta cuándo Clara se interpondrá entre nosotros? -gimió Jeremías sin recordar que había dejado la puerta abierta.

-Hasta que ustedes se lo permitan-exclamó Brenda.

- ¿Qué haces aquí? ¡Es mala educación escuchar conversaciones ajenas!-rezongó Jeremías.

-No cambies el tema , dejaste abierta la puerta. Es claro que tú amas a ese Blas, y es hora de que continúen con su historia.

- ¿Cómo sabes que hubo algo entre nosotros?

-Encontré tus cartas de amor tiradas bajo la cama, Vine a traerte el celular y no estabas, levanté los papeles y no pude evitar leerlos. Te pido disculpas.

-¿Y qué piensas sobre eso?-titubeó el hombre.

-Ya te lo dije-sonrió con picardía "Love is love".No le debes nada nadie ,abuelo.

-Pero Blas está casado.

-Con una mujer que nunca amó, y actuó terriblemente con tal de quedarse con él. Como te dije, es hora de dejar el pasado atrás y ponerse las pilas.

-Todavía falta escuchar la opinión de tu madre.

-Deja de decir tonterías. En pocos días mama se mudará con Milton y quedarás solos, ¡es tu vida abuelo, mereces ser feliz! Siempre viviste para nosotros, ahora , es tu turno.

-Gracias, chiquita-la abrazó sollozando de emoción. No sabes cuanto valen tus palabras para mí.

-Cuenta con mi apoyo. Hablaré con mamá.

-Espera un poco, déjame arreglar las cosas con Blas.

-De acuerdo, pero no tardes demasiado. Quiero verte feliz, abuelo-lo abrazó Brenda con todas sus fuerzas. Hasta mañana, piensa en lo que conversamos.

-Es insólito-pensó el hombre una vez su nieta se retiró. Aquellos a quienes debemos apoyar son los que nos dan fuerza. Unas nueve generaciones ,sin duda , mucho más fuerte-sonrió tirándose sobre la cama sin desvestirse...

"Aquél que no es celoso no está enamorado"
San Agustín

<u>Capítulo VII</u>

Pese a todo lo sostenido, Blas y su nieto comenzaron participar activamente en las reuniones por la construcción de un Residencial LGBT.
Diego y Justin fueron afianzando sus vínculos afectivos, dejando claro que había entre los jóvenes algo más que una simple amistad.

-Si mi hijo se entera de lo sucedido morirá. Es terriblemente homofóbico-confesó Blas una vez al grupo.

-¿Tienes solo un hijo?-preguntó uno de los presentes.

-No, tengo una hija también. Pero ella vive hace años en Nueva York , viene para las fiestas y llama cada tanto .Supongo que tendrá la mente más abierta pero el corazón mas cerrado. Casi no nos da corte.

-Es de esperar -confesó Jeremías. Antes de que te vayas quería hacerte una invitación-susurró el hombre arrastrando a su amante un poco más lejos.

-Dime de que se trata.

-El próximo viernes mi familia se va de paseo para el interior, mi hija y su novio tiene unos días libres y desean aprovechar. Pensaba que podías quedarte el fin de semana en casa.

-Me encanta tu propuesta, pero tendría que dar una excusa creíble a mi esposa. Recuerda que ella ya presiente algo extraño , no será tan fácil.

-Se me ocurre que tu nieto podría ayudar.
Clases de conducir en la ruta, o algo así.
-Buena idea , hablaré con él y te contesto. No
me gusta fingir , pero dos días juntos, en tu
casa…no dejan de ser una tentación.
-Podrías dejar de hacerlo, Clara debe saber la
verdad.
-Lo sé. Pero todavía no es el momento.
-Como digas. Espero tu respuesta-agregó
Jeremías intentando contener su frialdad.
- Sabías que seguía casado cuando
comenzamos a salir.
-Es verdad, pero mi pregunta es ,¿Por qué visite
a buscarme si no estabas decidido a seguir
conmigo?
-Lo único que sé es que te amo .Y que te
extrañaba cada vez más.
-Perdona , no quise ser tan brusco-susurró
Jeremías abrazándolo. Olvida todo lo que dije.
-Está bien, pero sé que tienes razón.
 -No se trata de razón. Ten presente que
siempre estaré esperándote-insistió Jeremías.

-Y yo te prometo que estaremos juntos.
Definitivamente.

-Lo sé, querido-asintió Jeremías con dulzura.

-Gente, el local va cerrar. Hora de irnos-gritó
uno de los presentes.

-Nos vemos el próximo jueves. Y allí elegiremos
un nuevo orador para la próxima marcha. No
deseo ser yo otra vez-exclamó Diego.

-Eres el mejor-asintió una mujer que se había
unido recientemente al grupo.

-Pero debe haber otro representante, no puede
ser siempre el mismo-insistió el muchacho.

-El jueves elegimos, ya están corriendo las
cortinas-sonrió Blas. Vamos, Justin

-Abuelo, me quedo con Diego. Quiero ayudarlo
preparar la organización de la marcha.

-Pero tu padre preguntará por ti ,¿qué le
respondo?

-Dile que em quedo en tu casa. Sabe que su
mujer no me cae bien, y yo a ella tampoco.
Estará feliz.

-De acuerdo. Lo llamaré antes de llegar ,así no escucha tu abuela-aceptó el hombre. *"En pocos meses mi vida se ha convertido en una madeja de mentiras. De una u otra manera, es hora de que esto termine"*-suspiró Blas caminando hacia su vehículo.

Blas no se presentó en la reunión del jueves por lo que Jeremías dudaba en verlo ese fin de semana.

El viernes temprano, este se hallaba calentando agua caliente para preparar un mate (infusión particular de los uruguayos)cuando sintió que tocaban el timbre.

-Ya voy -exclamó dirigiéndose a la puerta.

¡Recién son las siete, vaya a saber quién puede ser!-refunfuñó abriendo.

-Hola. ¿Tiene lugar para alguien más?-saludó Blas con picardía.

-Solo si es alguien quien amo-sonrió este besándolo con fuerza, sin ver a la vecina de enfrente que observaba la escena desde la mirilla de su apartamento.

-Quien lo hubiera dicho-balbuceó la mujer.
Parecía tan serio, pensar que tiene una hija y
nieta. ¡Así está el mundo!-rezongó demorando
su mirada en la puerta cerrada.
-Avisaré al encargado del taller que no voy hasta
el lunes. Le pagaré extra por su trabajo-comentó
Jeremías corriendo hacia el teléfono. ¡Este finde
es nuestro!
-Buena idea, este momento es nuestro. Hoy y
siempre.
Brenda caminaba con su madre admirado el
paisaje de Villa Serrana (pueblito ubicado en
Lavalleja , departamento ubicado a 145
kilómetros de Montevideo) mientras Milton
preparaba un fuego para hacer un asado.
-Mamá , debo decirte una cosa-comentó la chica
deteniéndose sorpresivamente.
-¿Acaso tienes novio?-carcajeó la mujer.
-Nada de eso. Sé trata del abuelo.
-¿Qué sucede con papá?-preguntó frunciendo el
ceño.
-Está enamorado -afirmó la adolescente.

-Vaya ,al fin. Ha estado solo por demasiado tiempo. Imagino que te habrá dicho de quien se trata.

-Claro. Pero no sé si te gustará escucharlo.

-Tu abuelo es grande ,sabe lo que hace. Dime de una vez, tal vez haya dos bodas en vez de una.

-Difícil porque la persona está casada.

-Ufff.Habla de una vez.

-Es Blas-afirmó la chica.

-Debe haber un error, no puede ser-tartamudeó Ana.

-No lo hay, él mismo lo confesó.

Un silencio se estableció entre las dos mujeres hasta que Ana finalmente habló.

-Debo tener una plática urgente con tu abuelo.

-Mamá, parece que ese hombre fue novio del abuelo durante su adolescencia. Y se quisieron mucho. ¡No puedes intervenir!

-No me molesta que sea un hombre, pero sí que se encuentra casado. Y después de tantos años de vivir escondido es difícil que salga del closet.¡Tu abuelo merece ser feliz!

-Pero lo hará, se lo prometió al abuelo. Incluso creo que pasarían juntos este fin de semana.

-Por favor , ma, te pido delicadeza.

-¿Estás llamando bruta a tu madre?-preguntó la mujer fingiendo enojarse.

-No.Pero a veces eres muy impulsiva-sugirió Brenda.

-Está bien .Lo acepto-comentó Ana.

-Me alegra,sabes que es verdad.

-Mmmm.Invitaré a esa familia a mi boda. Quiero analizar la situación con mis propios ojos.

-¿No piensas que podría ser problemático?

 -Ya veremos .Ahora no pienses,Milton nos hace señas ,supongo que la comida debe estar a punto.

Blas dormitaba en los brazos de su amado ,cuando este sacó el tema a colación.

-Al fin, ¿cómo justificaste este fin de semana fuera de casa?

-Seguí tu sugerencia, le dije a mi esposa que iríamos a hacer ruta con Justin. Es una excusa bien creíble.

-¿Y dónde se encuentra tu nieto en este momento?

-Imagina con quien -comentó Blas.

-Diego. Supongo que habrán alquilado una habitación en algún hotel.

-En realidad le cedí el cuarto que alquilamos por mes en el Hotel. Estaba seguro de que no te molestaría.

-Claro que no, fue una buena idea.

-¿Cres que tu esposa te creyó?-susurró minutos después.

-No lo sé. Más tarde la llamaré y conversaré un rato para tranquilizarla.

-Está bien. No quiero ser impertinente ,pero debemos resolver esta situación lo antes posible. Tarde o temprano nos descubrirán.

-Lo sé ,lo sé. No preciso que me lo repitas.

-Me alegra que lo recuerdes-asintió Jeremías.

-Dejemos eso para más tarde, ahora aprovechemos el momento. ¡Las horas pasan volando!-exclamó Blas acariciando el rostro de su amado con las yemas de sus dedos.

-Tienes razón-asintió el hombre sintiendo que su cuerpo reaccionaba rápidamente a las caricias de su amante

Clara caminaba de un lado al otro del living esperando la llamada de su hijo.

-No creo nada de lo que me está diciendo Blas. ¡Seguro que hay otra!-gimió la mujer sintiéndose derrotada. Y este Pedro que no llama más. Iré a prepararme un té tranquilizante -decidió.

Estaba sirviéndose la caliente bebida, cuándo el teléfono celular comenzó a sonar.

-Es Pedro, al fin aparece -respiró intentando calmarse. Hijo querido, ¡estaba esperando tu llamada con ansiedad!

-Madre, como sabes tengo muchas ocupaciones , entre ellas una esposa que atender-gruñó.

-Perdona, pero es tu padre-sollozó esta. Creo que se fue con esa mujer , y tu hijo lo protege.

-Déjate de decir tonterías, mi padre está enseñando a manejar a Justin. Sabes que cumple dieciocho en un mes y le prometí regalarle un auto. Pero no se lo daré si no obtiene la libreta.

-Lo entiendo y sé que es tu hijo. Pero sabes que son muy amigos, Justin podría estar apañándole una cita.

-Basta , mamá ,por favor. Té pido que no sigas con tus inventos. Creo en lo dice Justin ,pero de cualquier forma te doy mi palabra de que lo encararé a los dos el próximo lunes.

-¿Lo prometes?

 -Por supuesto. Y ahora debemos cortar. Tengo que salir con Elisa-agregó refiriéndose a su mujer.

-Gracias, hijo. Y otra vez disculpa.

-No es nada , mamá. Trata de salir con tus amigas. Te hará bien distraerte un poco. Lo resolveremos.

-Tienes razón-aceptó la mujer más tranquila.

-¡Maldita Lara!-vociferó Pedro refiriéndose a su hermana. Me dejó este fardo en mi cabeza.

-¿Otra vez tu madre con sus celos absurdos?-preguntó Elisa.

-Así es. Pero el lunes enfrentaré a papá. Quiero saber si hay alguna cosa que justifique esta locura que le entró a mi madre. Se que papá se encontró con un amigo de la infancia y se reúne de vez en cuando, pero no sé si da para tanto. Por lo que escuché a Justin ,es un viudo con hijos.

-Ya la conoces, sabes lo exagerada que es. Y a mí no me quiere nada, quizá se trata de una estratagema para apartarnos.

-No lo creo, la escuché muy preocupada. Veremos que está sucediendo -decidió Pedro mientras buscaba la llave del auto, sin pensar siquiera que en ese momento su hijo estaba junto a Justin.

Capítulo VIII

Tal como habían convenido, Blas y su nieto estuvieron de regreso en su casa el domingo por la tarde .

-Abuelo- declaró Justin. En cuanto cumpla dieciocho años me mudaré con Diego. Así que urge intensificar las clases de conducción, necesito ese empleo en el taxi como sea . Con lo que gana Justin en la librería no nos va alcanzar.

-Apuraremos entonces-sonrió un agotado Blas. Y tal vez yo te siga, cada vez se me hace más muy difícil dejar a Jeremías.

-No quiero ni imaginar el escándalo que habrá en la familia-agregó rodando los ojos.

-¿Te parece mala idea ? Sabes la historia que tuve con Jeremías, siempre nos quisimos.

-Estoy de tu lado. Y es una pena que no te hayas decidido antes ,la vida es una sola.

-Es verdad, pero tengo mis razones.Primero Clara esperó que regresara de la Clínica …psiquiátrica y yo no podía dejarla atrás. Nos casamos y al poco tiempo llegaron los niños. Cuando estaban más grandes llegaste tú, así que fui postergando mi marcha. Pero ahora ya no hay más motivos por el cual detenerme. Debo tomar coraje y partir.

-Te deseo suerte. Y cuenta conmigo.

-Eres un amor. Saludos a tu padre.

- Creo que podrás dárselo tú mismo, allí está parado en la puerta.

-Es verdad, y está haciendo señas. Bajaré un momento a ver que quiere -sonrió Blas estacionando en la puerta de la casa.

-¿Cómo pasaron?-saludó el enigmática Pedro.

-Excelentemente-comentó Justin.

-Me alegra. Papá, me gustaría tener una conversación contigo.

-¿Ahora? Ya es tarde, y estamos cansados-susurró mirando de reojo a Justin.

-Serán unos minutos. Hijo, déjanos solos. Entra ,papá, por favor. Aprovechemos que mi esposa no está.

-Nos vemos, abuelo. Recuerda nuestros planes-gritó el chico guiñando un ojo.

-Por supuesto. Están en primer lugar-afirmó el hombre.

-Excelente -sonrió el chico escondiéndose detrás de una puerta para escuchar la conversación.

-Toma asiento-comentó Pedro.

-Bien , déjame avisarle a tu madre que demoraré un rato más.

-Ya hablé con ella para comentarle que te detendría unos minutos.

-De acuerdo-asintió el hombre resignado.

-Iré derecho al grano, mamá dice que tienes una amante. Y este fin de semana te viste con ella.

-¿Y me crees tan anormal como para llevar a tu hijo conmigo?

-Deja a Justin fuera de esto.

-Tu madre está equivocada, no tengo una amante. "*Más bien un amante con el que deseo mudarme muy pronto*"-pensó sin hacer comentarios. Las veces que salgo es con un antiguo amigo, viudo y con familia. Vamos a jugar bochas , y a reuniones caritativas.

-Pues ella insiste en que hay alguien más en tu vida. Está segura de que es así.

-Que crea lo que quiera, es mi vida y no tengo porque dar cuentas a nadie. ¿Algo más?

-¿Cómo se llama ese amigo?

-Jeremías. Pero será mejor que no le digas a Clara o te atomizará. Ella supone que tuvimos algo que ver en nuestra adolescencia.

-Indudablemente está loca, es como decirte Gay, a ti que estás casado y tuviste dos hijos- carcajeó Pedro.

-Por eso te digo, los celos le nublan la visión

-Bien ,por ahora dejamos así. Elisa está por llegar .Mañana o pasado tendré una conversación seria con ella y le haré ver la realidad. Te acompaño a la salida.

-Sé dónde queda. Buenas noches-se marchó Blas haciéndose el ofendido

Justin aprovechó estos segundos para marchar su habitación y rápidamente se metió bajo la ducha.

-"El abuelo tiene que apurarse. No demorarán mucho en darle la captura"-reflexionó el joven mientras se enjabonaba.

-Iré a conversar con Justin -pensó Pedro luego de despedir a su padre .Quizá pueda sacarle alguna otra cosa, tengo el presentimiento que hay algo raro en todo esto.

El hombre golpeó en la habitación de su hijo, y tras no recibir respuesta entró sigilosamente.

-Se está bañando, será mejor que regrese más tarde -concluyó pegando la vuelta cuando su mirada se detuvo en varios panfletos ubicados encima de la mesa ¿Qué es esto? "APOYAMOS A LOS RESIDENCIALES LGBT.Próxima reunión jueves a las diecisiete"

-¡Sabía que había algo raro en todo esto! Será mejor que saque una foto y vaya a averiguar que está sucediendo con ese asunto del Residencial.

 Y .principalmente , que tiene que ver mi hijo con ese tema . Debo estar pensando mal, Justin no puede ser Gay. Y papá...Aquí aparece el nombre del tal Jeremías como coordinador. Espero estar equivocado-susurró retirándose del cuarto sin notar que uno de los papeles había caído al suelo.

Recién había cerrado la puerta ,cunado Justin salió del baño.

- Llamaré a Diego y luego iré a dormir.-comentó el chico apenas terminar de secarse. Pero ¿cómo cayó este papel de mi escritorio? La ventana está bien cerrada-la sacudió con firmeza. Seguro fue en el segundo en que abrí la puerta del baño, será mejor que los guardé en mi cajón. Fui un idiota en dejarlos aquí, por suerte no falta ninguno-suspiró tomando el celular luego de contar los papeles uno por uno.

Al jueves siguiente, Pedro detuvo su coche entre dos autos cercanos al sitio de la reunión y se dispuso a esperar pacientemente por si veía asomarse a su hijo o padre.

-Desde aquí veo bien quién entra y quien sale. Son las cuatro y media ,ya debe estar por comenzar a llegar la gente-afirmó prestando atención hacia la puerta de entrada.

Blas conducía hacia el lugar junto a su nieto, cuando Justin le pidió que parara frente a un quiosco.

-Olvidé comprar una hojas y lápices de colores. Sigue tú que te alcanzo-acotó el muchacho.

-¿No deseas que te espere?

-No es necesario, voy en seguida.

-Nos vemos entonces -aceptó Blas continuando la marcha.

-Parece que fue todo una confusión-exclamó Pedro en ese instante mientras encendía la radio para hacer más corta la espera. Estaba pensando en irse, cuando vio el taxi de Blas detenerse un poco más adelante. Rápidamente se ocultó en el asiento y se puso observar detenidamente la situación

.Enseguida Blas caminó directamente hacia la puerta de entrada y un hombre un poco más alto se acercó a recibirlo. Dándole un fugaz beso en la mejilla lo condujo hacia adentro dejando al desconcertado Pedro con la boca abierta por la sorpresa.

-Al fin mamá tenía razón. Bajaré con cuidado e intentaré averiguar quién es el hombre. Aunque imagino su nombre -resolvió Pedro saliendo de su vehículo sin notar su hijo que llegaba hasta el club.

-Pero, ese parece papá. ¿Qué hace aquí? Ahora recuerdo, el papel tirado en el suelo, entonces …sospecha alguna cosa. Entraré por atrás y comunicaré al abuelo, debe estar preparado para lo que se viene-susurró Justin dirigiéndose hacia la entrada de proveedores.

-Justin , llegas a tiempo. Ya vamos a comenzar -exclamó Jeremías al verlo entrar. Hoy somos muchos más.

-¿Has visto al abuelo? Mi padre está en la puerta, seguro descubrió la reunión y vino a ver de qué se trataba -exclamó el joven sin prestar atención a las palabras de Jeremías.

-¿Estás seguro?-titubeó este. No comprendo cómo pudo enterarse.

-Tengo una vaga idea, pero dime donde está el abuelo.

-Está en la cantina tomando un café'. Será mejor que le avises-agregó el hombre. *Esto no pasaría si Blas terminara de una buena vez con Clara y saliera del closet. Pero no puedo exigirle nada, lo acepté de esta forma*"-musitó el hombre acercándose al estrado.

-Abuelo, abuelo-gritó el chico corriendo por el salón Blas. Papá está aquí.

-No comprendo que dices -acotó el confundido hombre.

-Digo que de alguna forma se enteró de las reuniones y vino a corroborar que sucedía.

-Maldición, debo mantenerme escondido. No puedo arriesgarme a que me vea y haga un escándalo delante de todos.

-Creo que estamos en la misma situación- agregó el chico sin inmutarse.

-Tienes razón-asintió el hombre.

-Pero pienso que quizá sea una buena oportunidad para decirle lo que ocurre-sugirió Justin. No podemos vivir toda la vida escondidos, al menos , no es lo que yo pretendo.

-Todavía no es el momento-acotó histérico. Gracias por avisarme, buscaré a Jeremías y le avisaré que me voy-acotó Blas golpeado la espalda de su nieto. Y te aconsejo que hagas lo mismo, todavía no has llegado a la mayoría de edad.

-"*Pobre abuelo, quien sabe si algún día logrará concretar su amor. Y lo peor , es que finalmente, Jeremías se dará cuenta que es una espera inútil y encontrará a alguien más. Una generación oculta que no aprendió a vivir*"- comentó observando reír al amante de Blas con otra persona.

-Lamento interrumpirte, pero debo irme, problemas a la vista-exclamó Blas tomando de un brazo a su amante.

-¿Ahora? , justo es el día que nos dividiremos los Residenciales a visitar. Precisamos de todos.

-No puedo quedarme, mi hijo está a punto de descubrir lo nuestro.

-¿Qué quieres decir?

-Está estacionado en la puerta , de algún modo, descubrió nuestras reuniones.

-Quizá sea mejor, así la verdad debe salir de una vez a la luz.

-No sabes lo que dices-afirmó Blas. ¡Podría perder toda mi vida, mi familia!-gritó Blas angustiado.

-Está bien ,pero te daré una cosa-acotó este sacando un sobre sede su bolsillo.

-¿Qué es esto?-preguntó Blas confundido

-La invitación a la boda de mi hija. Tú esposa también está convidada , a mi hija se le puso en la cabeza que desea conocerla.

-Yo…no sé si sea buena idea ir.

-Pienso igual, la única forma que me gustaría que fueras es como mi pareja. Pero deseo complacer a Ana, y valoraría mucho que vinieran.

-¿Ella sabe sobre nosotros?

-Mi nieta se lo dijo.

-¿Y qué opina?-titubeó Blas.

-Está de acuerdo, pero lamenta que seas casado. Le gustaría que yo tuviera una pareja antes de que ella se marchara. Pero le explique, que, por ahora, eso no puede ser.

-Por favor, no me abandones. Té necesito.-rogó Blas. Buscaré la forma y le confesaré a Clara lo que hay entre nosotros.

-Luego conversamos ,Diego está llamando-asintió Jeremías mirándolo con pena.

Blas llegó a su casa y no se asombró al ver su hijo y esposa sentados en el living como si fueran integrantes de la Inquisición. Más bien ,diría que lo esperaba.

-Hola, ¿A qué se debe esta reunión?-fingió haciéndose el tonto.

 -Tú dirás. Té vi en una reunión de putos , justo pasaba por allí y un hombre besó tu mejilla.

-Deja de mentir, te enteraste que nos reunimos en el club y pasaste por el lugar a propósito, con la idea de descubrir vaya a saber que tontería.

--Imagino que tendrás una explicación para tu presencia en ese lugar-tosió Pedro.

-Por supuesto, y aunque no la mereces , te la daré. Mi antiguo amigo Jeremías me llamó para darme la invitación para la boda de su hija- afirmó tirando   el papel sobre la mesa.

-¡Sabía que se trataba de ese tipo! Te persigue desde que somos niños-lo increpó Clara.

-No digas tonterías, bobeamos un poco cuando éramos adolescentes, pero todo eso acabó al tiempo. Haces una tragedia de cualquier estupidez que se te mete en la cabeza, nunca debiste abandonar tu empleo.

-Esa "bobada "casi te cuesta a la vida, ¿ o acaso olvidas que intestaste suicidarte y estuviste meses internado?

-Yo diría que no pude soportar la presión que mis padres y tú efectuaron en mi débil personalidad. Pero ya soy un hombre y no dejaré que vuelvas manipularme-acoto sacando fuerzas que no pensaba tener. En fin ,eso quedó atrás , aquí traigo la invitación .Tu dirás si quieres venir conmigo o quedarte en casa.

-¿Me acusas de tener culpa en tu intento de suicidio?-gritó Clara.

-Me acuso a mí mismo de haber sido toda mi vida un idiota. Yo permití todo lo que ocurrió.

-Claro que no iré a lo de ese inmoral. ¡Todavía con esposa e hija!

-Padres, por favor, calma-susurró Pedro.

-Es viudo. Y tú has como guste , yo iré a la
reunión -confirmó Blas dando un portazo.
-¿Has visto, Pedro? Todavía tiene el tupé de
invitarme a esa fiesta.
-A la cual irás y muy bien arreglada. Eres la
esposa de Jeremías y eso nada puede
cambiarlo. Por otro lado, si los invitó a los dos es
que no hay nada extraño entre ellos. Piénsalo.
-Quizá sea para que yo no sospeche.
-Debes ir a esa boda. No hay más que hablar. Y
yo retorno a casa, Elisa va a dejarme si sigo tan
obsesivo con este tema-rezongó.
-Gracias por tu ayuda-añadió Clara tirándose a
los brazos de su hijo. Lástima tu hermana se
fue lejos y te dejó solo con este fardo.
-Olvídalo, pero recuerda lo que hablamos:
Debes ir a esa fiesta arreglada como la reina
que eres.
-Está bien, le demostrar a esa gentuza quien es
Clara de Arévalo.
-Eso quería escuchar. Nos vemos pronto, y a no
rendirse .Eso no va contigo.

Blas escuchó que llegaba su esposa e hizo como si leyera un libro.

-Te acostaste, pensé que cenarías antes de dormir.

-Con todo este lío perdí el apetito.

-Entiendo Quería decirte que iré a la fiesta. Tienes razón , debo dejar atrás el pasado.

-Me alegra que lo comprendieras-asintió el hombre apesadumbrado por haberle fallado a su amante y volver a mentir a su familia.

-Bien , iré a bañarme me acostaré. Demasiadas emociones para un solo día-suspiró Clara.

-Ya lo creo. Demasiadas-asintió Blas apoyando el texto sobre la mesa de luz.

"Era el momento para decir la verdad: Clara, Pedro, Jeremías y yo nos amamos y queremos vivir juntos. Pero preferí volver a ocultarme - gimió acomodándose de costado para tratar de descansar.

Blas sintió el exquisito aroma a perfume de su esposa y fingió dormir.

 -Querido -lo acarició la mujer varias veces pretendiendo seducirlo.

Tras varios fallidos intentos de llamar su atención, Clara se dio vuelta para el lado contrario a su esposo y cerró los ojos.

"Seguro está dolido por mi actitud , debo aprender a tenerle confianza"-suspiró disgustada, sin considerar las dudas que acometían consecuentemente en la vida de su marido.

Si no me amas, no importa; yo puedo amar por los dos

Stendhal

<u>Capítulo IX</u>

Blas llamó a Jeremías para contarle lo sucedido y notó que este no le prestaba demasiada atención.

-Entiendo que te encuentres enojado. Perdí una oportunidad preciosa para hablar sobre lo nuestro, pero Clara aceptó ir a la fiesta de tu hija y se me ocurrió la idea de que allí, podríamos conversar con ella.

-¿En la boda de mi hija? Realmente has perdido la cabeza. Y ahora no puedo hablar, el padre de Diego se enteró que era gay y le dio una paliza. Lo está atendiendo un médico y estamos solucionando el tema de la vivienda.

-¿Está mi nieto con él?-tartamudeó Blas.

-Por supuesto, vino en seguida. Él lo ama, Blas.

-Entendí la indirecta, pero son otras edades ,otros compromisos. Adviértele que tenga cuidado, si su padre se entera podría terminar como Diego.

-Lo siento, pero voy a cortar. Tengo que atender este tema. Luego te llamo.

- Hasta luego-asintió Blas con tristeza.

Finalmente, el grupo , decidió que Diego podría quedarse en una habitación del Club hasta que encontrara otro lugar donde vivir .

-Me echaron de la librería-comentó el joven una tarde. Mi padre contó al dueño yo era una atrevido y degenerando y este decidió correrme. ¡No sé qué voy hacer de mi vida!-rompió a llorar en brazos de Jeremías.

-Pues has tenido suerte. Uno de mis empelados se va a fin de mes y necesito otra persona de confianza. No es un trabajo limpio como vender libros, pero quizá te sirva. Como sabes , tengo un taller mecánico.

-Acepto-aplaudió el joven.

-Y además…continuó el hombre. Mi hija se muda a fin de mes, así que quedará una habitación libre. Pensaba en alquilarla a algún conocido en un precio módico.

-¿Acaso eres mi Hada Madrina?-bromeó el chico.

-Espero que no, en todo caso tu gnomo de la suerte. O Papá Noel -carcajeó Jeremías.

-Debo mejorarme rápido, el mundo necesita saber que todavía ,los jóvenes LGBT somos objeto de esta clase de tratos. Y aunque parezca increíble , por nuestras propias familias.

-En cierto modo parece que el tiempo no hubiera pasado-meditó Jeremías. Tantas conquistas, tantas luchas y en muchos casos seguimos igual.

-Por eso mismo, no hay que rendirse.Uaa -gimió Diego al levantar su mano lastimada.Me preocupa quien te acompañará en estos días que yo no estoy bien..

-Pues yo-exclamó Justin. Seguiré tus pasos , querido.

-Eres menor, amor-agregó Jeremías cariñosamente. .No puedes hacerlo sin la autorización de tu padre.

-Entonces cuenten conmigo-entró un decidido Blas.Ya es hora de tome coraje y comience a colaborar.

-Abuelo-exclamó Justin.¡Qué alegría!

-¿Dónde comenzamos, Jeremías?-murmuró sin responder.

-Por acomodar a Diego. Luego arrancamos con nuestras visitas, el reclamo de los jóvenes esperará hasta que Diego mejore. De cualquier forma, tienen más tiempo-sonrió abrazando a su amante.

-Es verdad, pero el mundo no puede ignorar la realidad-insistió Diego.

-Nadie dice lo contrario.Simplemente,precisamos más tiempo.Ten paciencia, amigo-asintió Jeremías.

En los siguientes días, Blas y Jeremías, acompañados de un pequeño séquito se dedicaron a recorrer diferentes residenciales de la ciudad, asombrándose de la forma que en muchos sitios ignoraban o destrataban a las personas Gais mayores.

-Luego sigue el interior -anunció Jeremías. Así que tienes que ir pensando en un sustituto parcial para tu taxi.

-Ya lo tengo, querido. Ya lo tengo-sonrió con picardía.

-Perefecto,continuemos entonces.Como han visto, en muchos residenciales no respetan el derecho a ser de las personas homosexuales , su amor, su condición. Son las reglas del lugar ,por eso debemos solicitar apoyo a las autoridades para crear el Residencial LGBT más grande del país.

-Yo prepararé la carta-sonrió Diego.

-Excelente. Y nosotros continuarnos las visitas a otros centros. Convocaré a la prensa, y todo lo que sea necesario-afirmó Jeremías.

-Yo no puedo salir en los medios, en casa no saben nada. Y Justin debe esperar a ser mayor de edad-argumentó un preocupado Blas.

-Lo tengo claro y no te preocupes,bastante hemos logrado con tenerte aquí. Somos suficientes para hacernos notar. Comenzamos siendo cinco, y ya somos como veinte-sonrió Jeremías.

-Bien , hora de finalizar. Nos vemos el jueves-comunicó una mujer que había asumido el papel de secretaria.

-Exacto.Y no olvides que el sábado es la boda de mi hija. ¡No comprendo porque Ana se empeñó en invitarte , y todavía con tu esposa!

-No te preocupes. Allí estaremos-sonrió Blas indicando a su nieto que era hora de irse.

Jeremías llegó a su casa y se encontró con su hija y nieta mirando un programa de televisión.

-Milton me dijo que le ofreciste trabajo en tu taller-anunció esta sin previo aviso.

-Buenas noches. ¿Cómo han pasado este día?-tosió este.

-Perdón que no saludé , en forma excelente.¿Y tú?

-También .Tuve mucho trabajo.Han llegado varios clientes nueves.

-Muy bien , ahora explícame un poco mas eso del puesto que le ofreciste a mi esposo.

-Pensé que le vendría bien un poco más de dinero. Además, estoy cansado de la rutina, deseo hacer otras cosas.

-¿Cómo defender a las personas Gays de Hogares de Ancianos?-acotó Ana sin quitar la mirada de la pantalla.

 -Así es-comentó el hombre con firmeza.

 -Pues me parece bien que ayudes a tu gente. Y gracias por lo de mi casi marido -sonrió la mujer abiertamente.

-De nada -titubeó este abrazándola.Me alegra que no te hayas enojado.Sé que debí consultarte sobre el empleo, pero me salió del alma.Milton estaba muy cabizbajo por el salario del mes.

-Lo sé , y ahora está feliz.Ganará mucho más que en la fábrica.

-También comenzará un joven al cual su padre expulsó de casa. Incluso estaba pensarlo en traerlo a vivir aquí un tiempo hasta que organice su vida-comentó bajando la voz.

-Puedes traer a quien quieras. Es tu casa.

-¿Desde cuando estás enterada que soy Gay?

-¿Gay? Brenda me lo dijo cuando fuimos de vacaciones,pero siempre lo sospeché que había algo raro en ti al no traer nunca una novia para presentarnos.

-Debí decírtelo. Lo lamento, pero sentí vergüenza de lo que pensarías.

-Hay una única cosa que no me gusta-añadió la mujer.

-Dime.

-Tienes un novio casado, eso nunca lleva a buen puerto. No importa el sexo del cual se trate.

-Blas y yo nos hemos amado desde la adolescencia. Estoy seguro de que dejará a su esposa en cuanto se siente listo.

-¿Y cuándo será ese momento? Esperemos no demore mucho todavía son jóvenes ,pero….

-Ya llegará; volvimos a encontrarnos, eso es suficiente. Por ahora.

-Conozco la historia, pero ahora debe ser una realidad. No quiero que seas como Penélope,pa.

-Te asegura que estás equivocada-sonrió.

-Bien, si tú lo dices.Veremos que tal es esa mujer.

-Imagino que por eso los invitaste a los dos, quería conocer a mi rival.

-Cenemos. Ya hablaremos más adelante-sonrió Ana encaminándose hacia la cocina.Algo más, casi lo olvido.

-¿Qué sucede?

-Ten cuidado con los vecinos, tuve que frenar a Doña Cata. Parece que te vio con tu noviecito cuando se saludaban muy afectuosamente.

-Esa vieja de mierda.-vociferó Jeremías apretando los puños. No tiene otra cosa que hacer que chumear por la ventana.

-Es verdad. Parece de la metropolitana-río Brenda.

Jeremías estaba sumamente nervioso el día de la boda. Sonriente ,respondía amablemente a cada uno de los invitados que se acercaba a saludarlo,mientras esperaba que su hija llegara en la limusina contratada especialmente para el acontecimiento.

-No puedo engañarme,también estoy inquieto por la llegada de Blas y su esposa.No puedo imaginar la cara de Clara en cuanto me vea, ella recuerda con exactitud quien soy-susurró observando detenerse el coche con la novia.

-Al fin llegan-escuchó que alguien murmuraba. Parado junto al exquisito altar preparado en el Club de Golf, un dichoso Milton esperaba a su esposa.

-Estás radiante -sonrió Jeremía tomando el brazo de su hija.

-Y tú pareces un galán de cine-asintió la chica besando a su padre

Segundos después, el hombre tomó aire y guio a su hija hasta el sitio donde esperaba el novio.

Una vez finalizado el emotivo momento, los invitados se dirigieron al salón de fiesta, para dar comienzo a la cena en homenaje a los novios.

Jeremías estaba conversando con su nieta ,cuando sintió que alguien golpeaba su hombro.

-Lamentamos haber llegado tarde. Pero tuvimos un pequeño contratiempo antes de salir-anunció Blas.

-Lo importante es que pudieron venir. Clara , los años no han pasado para ti-comentó Jeremías con delicadeza.

-En cambio a ti te han beneficiado. Estás elegantísimo.

-Gracias, te presento a mi nieta Brenda-señaló a la chica que sonreía parada a un costado.

-Un gusto. Eres tan bella como tu abuelo-sonrió Clara con frialdad.

-Eso dicen todos-comentó sin falsa humildad. Los llevaré a su lugares-sonrió la chica.

-Nos vemos luego-susurró Blas al pasar delante de su amante.

-Pareces un Dios-comentó susurró este como toda respuesta.

Al rato de acomodarse, Ana se acercó a saludar al matrimonio, y tras lanzar una fugaz mirada a Clara comentó.

-Diviértanse , están en su casa.

 -Feicitaciones,es una fiesta muy hermosa. Y tú estás bellísima -agregó Clara.

-Regalo de papá. Al igual que la luna de miel.

-Hija, acércate para las fotos-exclamó en ese momento Jeremías.

-Con permiso. Disfruten.

-Por supuesto-comentó Blas.

El matrimonio estaba observando el desarrollo de la fiesta , cuando Blas se levantó para ir al baño.Dismuladamente ,hizo un gesto a Jeremías que tras dejar pasar unos minutos lo siguió.

Sin inmutarse, Clara ,continuó contemplando tranquilamente la reunión, cuando un comentario cercano le llamó la atención.

-No se puede creer. Jeremías tuve el descaro de invitar a su amante.

-Calla, mamá , no digas estupideces. Parece que tienes alzhéimer-respondió una voz masculina.

-Es el hombre canoso de smoking gris que fue para el baño. Los vi besándose un sábado de mañana , cuando Jeremías quedó solo. ¡Quién lo hubiera dicho!-repitió la mujer empecinada.

-Ni siquiera puedes ver quien está al lado tuyo, así que cierra tu estúpida bocota -indicó el muchacho haciéndole un gesto al ver que la esposa de Blas los observaba detenidamente .Te aviso que la mujer *que está delante nuestro es esposa del hombre que mencionaste y creo que escuchó todo.*

-Yo…-acotó la mujer fingiendo avergonzarse Vámonos de aquí.-se retiró sin esperar respuesta.

-¡Vieja ridícula!- saltó Clara de su silla saliendo en busca de su esposo.

-¿Dónde estará? Dijo que iba al baño, pero hace como media hora de eso ,no quisiera pensar que ...-palideció comenzando a recorrer los baños masculinos.

-Señora , tenga cuidado. Está en un baño de hombres-rezongaban los guardias al ver entrar a la desaforada mujer.

-Perdón , no veo bien -se disculpaba una y otra vez.

Estaba por desistir ,cuando observó una especie de cubículo alejado de la reunión que lucía un cartel que decía baño de servicio.

-Última prueba -susurró dirigiéndose al sitio rápidamente.

-Señora, no puede pasar .Es para el personal-le sugirió un guardia.

-Pues soy parte del personal. ¡Salga de mi camino!

-Pero…-tartamudeó al hombre sin poder creer lo que estaba pasando.

Sin dudar , Clara abrió la puerta de la pequeña habitación y se cubrió la boca, al encontrar a su esposo en brazos de Jeremías.

-¡Clara!-exclamó. ¿Qué haces aquí?

-Eso me pregunto yo. Sabía que había algo entre ustedes, Pedro quiso quitarme esa idea de la cabeza, pero mi corazón lo presentía- comenzó a llorar y gritar sin control. ¡Me dan asco! .Inmediatamente , se dio media vuelta y se dirigió a la puerta de salida.

-Por favor, ¡qué bochorno! -susurró Jeremías deseando que a la tierra se lo tragara.

 -Clara ,debes escucharme -corría Blas gritando tras su esposa. ¡No es lo que tú crees!

Ana escuchó el escándalo, y soltándose del brazo de su esposo contempló la escena con preocupación. Debía buscar a su padre, seguramente se sentía muy solo.

-Es ahora o nunca -acotó Ana con tristeza empezando la búsqueda de Jeremías.

Seguramente Doña Cata vio a Blas con su esposa y lo reconoció-acercándose para hacer sus malditos comentarios. Estaba fuera de su lugar ,sin duda ,lo hizo a propósito. En cuanto hable con papá la sacaré a patadas.-balbuceó la recién casada.

-Tremendo lío armaste, te dije que no los invitaras-comentó Milton.

-No te creas, ahora es todo o nada. Hice muy bien-sonrió Ana enigmáticamente.

El amor está compuesto por un alma habitando dos cuerpos

Aristóteles

<u>Capítulo X</u>

-Espera, debemos conversar-exclamó Blas deteniendo a su esposa luego de la escandalosa salida.

-¿Sobre qué? Una vecina de tu noviecito te vio salir de la casa de este el fin de semana que supuestamente fuiste a enseñar a manosear a Justin. Y parece que se dieron un beso muy cariñoso.

-Esa mujer vio mal.

-Eres un cínico. Y lo que es peor, no te alcanza con andar en malos pasos, sino que todavía involucras a tu Nieto. Suéltame ,iré en un taxi.

-Por favor , todos nos miran. Sube al coche, en casa continuaremos esta conversación.

Tras dudas un segundo la mujer obedeció y se subió al vehículo sin decir una palabra más.

-Hay cosas que debo explicarte-comentó Blas poco después. Nunca debimos venir a esta fiesta, sabía que no resultaría bien. Ni siquiera comprendo por qué nos invitaron.

-Con seguridad la hija de tu "novio "sabía que ocurriría algo así. Incluso quizá aleccionó a la vecina esa para que hiciera esos comentarios.

-Realmente no sé de quien hablas. Y estoy seguro de que Ana no querría hacer un escándalo el día de su casamiento.

-Ya no me importa. Puedes dormir en la habitación de tu nieto. Siempre está lista por si se queda.

-Será lo mejor- asintió el hombre.

Blas miró su teléfono celular y observó varias llamada perdidas de Jeremías.

-Por favor , no me llames más . Debo pensar como continuar esta historia. Lo que sucedió fue terrible-respondió Blas rápidamente.

-Lo lamento mucho, jamás me di cuenta que nos habían visto. Pero piénsalo, quizá sea una buena forma de salir del closet .Te amo y deseo estar contigo-insistió Jeremías.

-Y lo peor es que Justin quedó mezclado en el lío. Es menor, su padre puede hacer cualquier locura. Por ahora, dejemos por aquí. No me busques ,yo lo haré cuando me encuentre listo- agregó apagando su teléfono.

-Como quieras. Pero recuerda que te estoy esperando-cortó.

Blas se levantó cerca del mediodía y tras pegar una rápida mirada al despertador, se dirigió a la cocina a desayunar.

-Once de la mañana, jamás duermo tanto. La situación me dejó exhausto.

-Buenos días, papá- saludó Pedro que estaba sentado junto a su madre e hijo en el living. Tenemos que conversar.

-Vaya, ¿reunión familiar a esta hora?-preguntó restregándose los ojos.

-No pude evitarlo-susurró Justin levantando los hombros.

-Iré a prepararme un café. Ya regreso.

-No demores,hay varias cosas que aclarar-añadió Pedro.

-Aquí estoy.Habla de una vez-bostezó Blas bebiendo un sorbo de la humeante bebida.

-Creo que eres tú el que nos debes una explicación-insistió el hombre.

-Yo no organicé esta fiesta, así que por favor…comienza de una vez.

-Ya que lo quieres así. No puedo creer lo que me he enterado. Finalmente, quedó claro que ese tal Jeremías es tu amante. Lo ha sido siempre.

-Es verdad, toda la vida nos hemos amado. Y lamento haber demorado tanto en confesarlo. Especialmente porque soy mayor de edad y estoy en mi sano juicio. Puedo hacer lo que quiera con mi vida.

--De ninguna manera. Tienes una familia a la cual responder , y no podemos permitir que nos hagas pasar tal vergüenza-vociferó Pedro.

-¿A qué vergüenza te refieres?

-Lo sabes bien. Tienes intenciones de irte a vivir con ese tipo.

-Puedes ser, pero es mi problema y de nadie más.

-Claro que sí, ¿Qué dirá la familia de Elisa cuando se entere que tengo un padre puto?¿Y mis compañeros de trabajo?-refunfuñó Pedro apretando los puños.

-Pues no creo que deban inmiscuirse. Es mi vida, y según creo tu hiciste tu propia vida. Creo que es tu tercera esposa, ¿o cuarta?-gruñó Blas.

-No soy yo el que está en tela de juicio.

-Yo tampoco-afirmó Blas con una seriedad que el mismo desconocía. Es hora de dejes de opinar sobre lo que hago y con quien,

-También inmiscuiste a mi hijo. Eso no te lo puedo perdonar.

-Es verdad. Cometí un error, nunca debí dejar que el pobre Justin mintiera por mí. Perdóname , nieto-reconoció.

-No tengo nada que perdonar. Gracias a ti conocí al amor de mi vida-sonrió 'Justin.

-¿Te refieres a esa niña que es nieta de Jeremías? Tiene solo quince años-recalcó Pedro.

-No, a un joven llamado Diego. También soy Gay ,papá. Es hora de que te enteres.

-¿Has visto lo que ocasionaste, Blas?-lo increpó una histérica Clara. ¡Hasta tu nieto piensa que es un degenerando! Lo has confundido.

-No te equivoques ,abuela. Siempre me gustaron lo hombres, he tenido varias elaciones en el Instituto. Solo que esta vez me enamoré--declaró Justin con naturalidad. Siento defraudarte, papá, pero es la realidad.

-Realmente te admiro, Justin. Ojalá hubiera tenido tus huevos cuando tenía tu edad. Otra hubiera sido mi vida, pero no me arrepiento, porque no estarías tú.

-No vuelvas a decir eso o te haré internar en un clínica psiquiátrica-vociferó Pedro abofeteando a su hijo. Jamás vuelvas a repetir esa tontería, tú no eres puto, eres mi hijo, y un hijo mío no puede ser depravado. Ya lo sabes.

-Podrás llevarme a dónde quieras ,pero eso no cambiará quién soy-lo desafío el joven abriendo sus enormes ojos tan parecidos a los de Blas.

-Dejen de discutir, tu padre tiene razón .Estás mareado por lo sucedido deja pasar el tiempo, estudia o trabaja y luego verás. Por favor ,querido, pide perdón a tu padre-agregó Blas haciendo un guiño de advertencia al joven.

-Pero si no hice nada-gimió Justin.

-Haz lo que te pido-rogó el hombre.

-De acuerdo ,papá. No volveré a decir esos disparates en tu presencia.

-Mas te vale, o te haré internar hasta la mayoría de edad. Ya lo sabes. En cuanto las clases de conducción será mejor que las finalices en una academia particular.

-Imposible, tengo diecisiete años. No me aceptarán-lo desafió el joven.

-Tengo un amigo que tiene una escuela de choferes, y aceptó enseñarte. Yo te daré el dinero, así que deja de preocuparte.

-Pero,papá.Me quedan pocas clases, déjame hacerlas con el abuelo, será difícil acostumbrarme a otro instructor-comentó Justin bajando la voz.

-Ya tomé la decisión en cuanto a ti papá, trata de alejarte de ese tipo. No solo quitare a tu nieto de tu lado, sino que pediré un análisis psiquiátrico Recuerda que intentaste suicidarte cuando eras joven.

-¿Serías capaz de hacerme eso ?-preguntó el hombre con tristeza. Imagino que tu madre te contó lo sucedido, lástima olvidó comentarte que ella fue la culpable.

-¿Yo?-saltó la mujer.

-Era muy débil en aquella época, mucho más que ahora. Y tú le dijiste a mi padre que me habías visto besarme con Jeremías-la increpó el hombre.

-Dejemos el pasado atrás.Mamá,manteneme informado de los próximos sucesos .Y tú no demores en regresar a casa-ordenó a su hijo. Si te vuelvo a encontrar en alguna de esas reuniones "pro gay" o con un joven en alguna situación "extraña" ya sabes lo que te espera. ¿Entendiste?

-Sí-gruñó-el joven.

-Perdón , no te escuché -insistió Pedro.

-DIJE QUE SÍ.

-Ahora quedó más claro-asintió retirándose.

Pedro estaba sentado en su coche , cuando comenzó a discar el número de Jeremías.

"Debo hablar con ese hombre y advertirle que no vuelva acercarse a mi familia"

-Buena tardes -saludó el aludido sin reconocer el número.

-Buenos días, quisiera conversar con Jeremías Tudor.

-Está hablando con él-respondió este confundido.

-Soy Pedro , el hijo de Blas.

-¿Le ha sucedido algo a Blas?-preguntó Jeremías preocupado.

-Por ahora nada, pero le sucederá si lo buscas. Exijo que dejes tranquilos a mi familia.

-¿Quién le dio mi teléfono? Pero lo principal, ¿con qué derecho te metes en mi vida ?

-Eso no importa ahora- respondió recordando lo fácil que había sido obtener el número del celular de su hijo.

-Creo que su padre es bastante grande para saber lo que hacer-insistió conteniendo su furia.

-No digas que no te advertí. Obedece, o podrías causar gran daño a Justin incluso a mi padre. Aléjate-cortó.

-Pero, escucha, no cortes …

-¿Quién es?-preguntó la hija de Jeremías que justo había llegado de visita.

-No te imaginarías jamás-suspiró el hombre.

-Entonces dímelo de una vez, no te hagas rogar.

-El hijo de Jeremías-soltó de golpe.

-¿Quéeeeeee?¿Cómo se atreve?

-No lo sé -sonrió Jeremías cayendo sobre un sillón.

-Dame se teléfono-gruñó la joven. Ya mismo.

-¿Que piensas hacer?

-Devolverle su gentileza.

-No me gusta este chusmerío,será mejor dejarlo así.

-Hazme caso,papá.O lo buscaré por cielo y tierra. Creo que ya me conoces.

-Está bien -asintió resignado.

La muchacha tomó su celular y rápidamente
discó el número del tipo.

-Hola-respondió Pedro.

-No vuelvas a molestar a mi padre ,ocúpate de
tus propios problemas, homofóbico resabiado.

-¿Quién habla?

-Sabes bien que soy. Y no vuelvas a llamar , no
me gustaría denunciarte por acoso.

Hasta nunca-cortó Ana sintiendo los aplausos
de su hija y Diego que se habían acercado al
escuchar el griterío.

-¡Hija de puta! En esa familia son todos
degenerados-clamó Pedro ignorando la sonrisa
escondida de su hijo.

Pese a lo sucedido, Jeremías no se dio por vencido. Continuó recorriendo Residenciales, dando charlas donde le permitían e incluso habló con autoridades importantes que podrían ayudarlos. Casi siempre iba acompañado de Diego , y otros voluntarios que se iban agregando al grupo y le iban brindando más fuerza y credibilidad. Con la intervención de un abogado que se había sumado al plantel ,consiguieron meter preso unos cuantos meses al padre de Diego por la paliza brindada su hijo. Por el contrario, Blas se había mantenido alejado del grupo, ya que temía ser declarado incapaz por su esposa e hijo.

-Mo te dejes manipular-le comentaba su nieto en las incontables visitas que hacía al hombre. Estás bien , no pueden encerrarte en un Hospital psiquiátrico por tu orientación sexual. Estamos en el siglo XXI.

-Tuve un intento de suicidio cuando tenía tu edad-explicaba el hombre. Eso podrá ser utilizado en mi contra.

-Eras un jovenzuelo, abuelo. No pueden utilizar esa excusa para encerrarte hoy en día. Mira todo lo que has logrado en tu vida.

-No estoy bien, necesito pensar. Sigue con tu vida y si precisas algo pide ayuda a Jeremías. Ahora ni siquiera puedo ayudarme a mí mismo- sollozó Blas en la soledad de su habitación.

-De acuerdo, pero prométeme que me llamarás si la cosa se complica. En una semana cumplo dieciocho años y nada podré detenerme. Nos iremos juntos.

-Eres maravilloso, y mereces ser muy feliz. Como te dije una vez, estoy orgulloso de ti.

-Ahora debo irme, tengo mis dos últimas clases en la academia. Y luego comenzaré a trabajar.

-Exacto. ¡Adelante , mi muchacho!-aplaudió Blas más animado.

Justin estaba por salir cuando escuchó la voz de su abuela que lo llamaba.

-¿Cómo lo ves?-preguntó la mujer.

-No sé de qué hablas.

-Claro que sí, de tu abuelo.

-Mal, deprimido, triste, sin ganas de vivir. Y con mucho miedo.

-No es mi culpa-se excusó Clara.

-Nadie te está reprochando. Me preguntaste y te respondí. Adiós, abuela.

-Justin ,querido…espera

-Llego tarde a mis clases , abuela .Y no puedo perder el examen. Más tarde conversamos.

-Buena suerte-asintió la mujer que parecía haber envejecido diez años en pocos días.

Justin salvó su examen el mismo día que cumplió dieciocho años. Emocionado por el resultado rompió en sollozos , y sin dudar un minuto corrió a casa de Jeremías.

-Debo llamar al abuelo y contarle lo sucedido-se detuvo durante el camino hacia la casa del hombre. Él ha sido mi principal mentor.

En el momento en que sacaba el aparato para comenzar a llamar Blas ,el teléfono comenzó a sonar.

-Abuelo, fue trasmisión de ideas.

-Feliz cumple querido. Y te escucho muy contento, imagino que todo habrá salido como esperabas.

-Así es. Salvé el examen, y en este momento voy en busca de Diego para contárselo.

-Me alegra escucharte .¿Crees que mañana podrás almorzar conmigo? Me gustaría saludarte personalmente.

-Pues claro, dime donde y allí estaré-asintió contesto de escuchar a su abuelo tan animado.

Blas se despidió de su nieto, e inmediatamente , se dispuso a discar el número de su escribano.

-Joel, todo salió como esperábamos. Mañana a las trece en " Al Galope"

- Espectacular. Nos vemos allí.

-No olvides llevar los documentos.

-¿Qué clase de profesional piensas que soy?- carcajeó el hombre.

-Perdona, son los nervios. Hace veinte años que nos conocemos-acotó Blas avergonzado.

-Lo sé, por eso te disculpo-asintió el profesional. Hasta mañana.

- Nos vemos. "Tendrás todo el apoyo que yo no tuve"-suspiró Blas sonriendo satisfecho.

Justin llegó a casa de Jeremías y tocó varias veces el timbre. Asombrado de que no lo atendieran, el joven utilizó la llave que el dueño de casa le había dado, asombrándose al encontrar el sitio a oscuras.

-Raro, avisé a Diego que llegaría en poco rato- musitó encendiendo la luz.

-Feliz cumpleaños-gritó su novio parado en el living con un globo rojo en una de sus manos.

Sin responder ,Justin se tiró a los brazos del joven , y lo besó con todas sus fuerzas.

-Te amo-comentó soltándolo.

-También yo-respondió Diego.

-Felicidades- se escuchó casi enseguida el grito de Jeremías y su familia qué habían permanecido escondidos hasta que los jóvenes se saludaran a solas.

-Pero…Gracias por venir-sollozó Justin besando uno a uno .A todos.

-Fue cosa de Diego-carcajeó Jeremías. Quería hacerte los honores como corresponde.

-Voy a traer la torta. ¡No hay cumpleaños sin pastel!-añadió Ana dirigiéndose a la cocina seguida por su hija.

Jeremías sonreía observando a los presentes cuando sintió que una mano se posaba sobre su hombro.

-Abuelo comprenderá que te ama y vendrá a ti. Dale tiempo.

-Hace cuarenta años que lo espero, ¿qué podría hacerme un poco más?-murmuró secándose las lágrimas que rodaban por su rostro.

-Vendrá. Té lo prometo-susurró Justin.

-Nos vamos-exclamó Ana luego de cantar el feliz cumpleaños. Debemos dejar solo a los tortolitos. Papá, ve a buscar tus cosas.

-No comprendo-titubeó Justin.

-Cumples dieciocho años y salvaste tu examen de chofer. Creo que merecen una noche de intimidad-añadió Ana.

-Pero es la casa de Jeremías-titubeó.

-Es mi regalo de cúmpleme sale más en cuenta que pagarles una noche de Hotel-explicó el dueño de casa.

-No sé qué hice para merecer gente tan maravillosa-sollozó un emocionado Justin percibiendo la mano de su novio tomándolo de la cintura.

-Estoy listo-sonrió Jeremías. Y por favor cambien las sábanas-bromeó robando la risa de los presentes.

-Lo tendré en cuenta -asintió Diego.

-Creo que Doña Cata morirá esta noche cuándo lo gemidos lleguen hasta su casa-comentó Jeremías con malévola mirada.

-¡Papá! Creo que bebiste demasiado. Vamos de una vez-lo arrastró su hija.

-¡Qué envidia siento por estos chicos! ¡Como me gustaría volver a tener su edad!-insistió observando el ojo de su vecina atento por la mirilla de su puerta.

Justin cerró la puerta y se abrazó a su prometido.

-¿Qué sigue ahora?-preguntó tímidamente.Es la primera vez que pasaremos solos toda una noche.

-Ven por aquí-susurró Diego llevándolo al dormitorio principal. Cierra los ojos.

-Está bien -asintió dejándose llevar.

-Ábrelos ahora.

Justin obedeció rápidamente y sus ojos se llenaron de lágrimas al ver la cama cubierto de pétalos de rosa.

-¿Qué puedo decirte?-susurró emocionado.

-Nada. Solo déjame amarte como te mereces. Ahora nadie puede detenernos-susurró Diego besándole el cuello audazmente.

-Estoy a tu disposición , no te detengas,por favor-gimió Justin sintiendo como su piel hervía ante las cálidas y atrevidas caricias de su amante.

-Solo me detendría si en este instante viene el fin del mundo.Y ni así creo.

-Mañana iré a buscar mis cosas y me mudaré para aquí. Esta es la primera de millones de noches juntos.

-Amén-asintió Diego.

Justin se presentó en el boliche en que había quedado encontrarse con su abuelo y se impresionó al verlo tan avejentado. Al igual que su abuela, parecía tener diez años más de los sesenta que había cumplido.

-Pobre abuelo-meditó observando fugazmente al hombre que se acomodaba a su lado ¿Quién será ese otro hombre? -pensó caminando hasta la mesa donde los hombres conversaban amenamente.

-Justin ,querido-sonrió su abuelo al verlo. Toma asiento, te presento al escribano Joel Martínez.

-Mucho gusto-extendió su mano en señal de saludo.

-Hola. Tú abuelo me habló mucho de ti.

-.Espero que hayan sido cosas buenas-confesó el joven.

-De las mejores-asintió el profesional.

-No perdamos tiempo .Justin, cállate y escucha a Joel.

-Imagino que te soprenderá mi visita-carraspeó el joven.Pero bueno,tu abuelo acaba de venderte su taxi, así que debes firmarlos los papeles correspondientes luego de leerlos.

-Sigo sin entender.Yo…no tengo ni trabajo,¿cómo pagarle el coche?-preguntó Justin atónito.

-Ahora ya lo tienes. Hace tiempo querías dejar de trabajar, incluso ya he comenzado los trámites jubilatorios. Así que decidí venderte mi auto.

-Insisito,no tengo forma de pagártelo.

-En cuanto comiences a trabajar fijaremos una accesible suma de pago .Ahora,¿quieres firmar por favor? El escribano cobra por hora.Además, tengo otros interesados-bromeó.

-¡Abuelo ,gracias!-exclamó el joven tirándose a los brazos de Blas.

-Gracias a ti. Has sido un maravilloso ejemplo
en mi vida, y me has devuelto las ganas de vivir.
Claro que deberé brindarte más clases para que
no destroces a mi bebé, pero ahora que tienes
dieciocho años y tu padre no podrá
oponerse.Ser homosexual no es una excusa.
-Por supuesto-acotó el joven tomando la
lapicera. ¿Dónde hay que firmar?

Las verdaderas historias de amor no tienen final
Richard Bach

Capítulo XI

Pedro estaba hablando por teléfono en el
momento en que Justin llegó a su casa para
ordenar usos cosas y despedirse .

-Es mi padre y lo quiero. Desearía que me respetara, anqué no comprenda mi orientación sexual-musitaba el joven cruzando el comedor para dirigirse a su habitación. Veo luz en su despacho, pasaré un minuto -decidió antes de continuar camino.

Estaba por golpear la puerta de la habitación cuando se detuvo al escuchar al hombre conversando casi a los gritos.

-Regresaré mas tarde. Parece que tiene una plática importante y no sería bueno interrumpirlo. Había dado unos pocos pasos, cuando escuchó el nombre de su abuelo flotar por la habitación.

-Si Blas no desea salir de su cuarto ni alimentarse habrá que internarlo en una clínica psiquiátrica y aprovechar para que le hagan un tratamiento que le quite esa extraña idea adolescente de que es Gay. Creo que está viviendo una típica crisis de personalidad agravada por una conducta maníaca. No debemos olvidar que cuando era joven se intentó suicidar. No te preocupes, mamá, el Doctor Ramírez se ocupará de todo. Tiene una de las mejores clínicas de todo el país.

-*Quieren internar al abuelo*-balbuceó el joven retirándose para que su padre no lo descubriera. No puedo permitirlo, iré a buscarlo ya mismo. Si me apuro, llegaré antes de que la abuela finalice la conversación.

Sin escuchar más nada, salió a casa de Blas, y utilizando su propia llave entró silenciosamente hasta llegar a la habitación donde el hombre dormía profundamente .

-Vamos, abuelo, debes salir de esta casa de locos. No podemos permitir que te internen-lo sacudió con todas sus fuerzas.

-Déjame quieto, estoy muy cansado-tartamudeó este.

-¿Tomaste algo, abuelo?-preguntó Justin preocupado revisando la mesa de luz.

-Solo la pastilla que me dio Clara para la depresión.

-Dios Mío, que barbaridad. Y lo peor es que no tengo fuerzas para arrastrarlo a la calle. Por otra parte, me llevarán preso por secuestro si saco de esa forma a una persona. Debo ir a buscar ayuda-comentó dirigiéndose de prisa hacia la salida de la casa.

-Justin-exclamó su abuela cruzándose en su camino. Me pareció escuchar ruido, pero no imaginé que eras tú.

-Y yo nunca imaginé que fueras capaz de hacer pasar por loco al abuelo para mantenerlo contigo. Té desconozco , abuela.

-Fue idea de tu padre-sollozó la mujer. Y en realidad ,siempre nos quisimos.

-¿Estás segura de eso? No fue esa historia la que me contó. Tengo la idea de que se aprovecharon de la debilidad del abuelo en su propio favor. Con permiso, déjame pasar.

-¿Adónde vas?

-No te interesa-afirmó el joven bajando la escalera de a dos escalones.

-Justin espera, hay algo que debo decirte…

-No me interesa escucharte…

-Solo quería decirte que no acepté-balbuceó la mujer dirigiéndose al lado de su esposo.

Justin tomó el auto de su abuelo y se dirigió a toda velocidad al taller de Jeremías.

-Hola-saludó a Milton que se hallaba limpiando la oficina. Debo hablar ya mismo con Jeremías. ¿Sabes dónde puedo hallarlo?

-Justin. Está en su oficina con Diego. El joven se empeñó en venir para conocer su nuevo empleo,pero,¿ocurre algo?Te noto muy preocupado.

-Si, y es muy grave. Ven a escuchar si lo deseas, precisaremos toda la ayuda posible.

-Por supuesto-aceptó Milton horrorizado.

-Con permiso-exclamó el joven abriendo de golpe la puerta.

-¡Justin!-exclamó Diego al ver a su prometido. ¿Cómo te enteraste que estaría a aquí?

-Siento desilusionarte, pero en esta oportunidad no estoy por ti. El abuelo nos precisa.

-¿Te refieres a Blas?-preguntó Jeremías.

-¿Acaso tengo otro abuelo?-acotó Justin.

-Habla de una vez, imaginó que lo que tienes para decir es muy grave -asintió el hombre poniéndose alerta.

-Tenemos que ir a rescatarlo ,piensan internarlo en una clínica psiquiátrica.

-¿Quiénes?-preguntó Jeremías.

-La abuela y mi padre,¿quién más podría ser?

-Vamos-exclamó Jeremías .No hay tiempo que perder-gritó este tomando la llave de su automóvil.

-Llamaré a Ana -comentó Milton. La presencia de una mujer puede ser beneficiosa.

-Hazlo en el camino,ahora no podemos perder un segundo. No dejaré solo a Blas otra vez. Esta vez lucharé con dientes y uñas para defender nuestro amor -gritó Justin.

Ana estaba en la puerta de la casa de Blas acompañada de otra mujer cuando los hombres llegaron.

-Allí está Ana -exclamó Milton.

-Hay una mujer con ella ,¿la conoces ?-preguntó Justin.

-Nunca la vi en mi vida. Pero ya nos explicará.

-Ana-gritó Milton corriendo hacia su mujer.

-Hola, chicos. Vine en cuanto pude .Les presento a mi amiga la Doctora Luna Vino para avalar el estado de Blas.

-Excelente-aplaudió Jeremías. Hiciste bien en llamarla.

-Toquemos timbre y si no nos atienden llamaremos a la policía-exclamó Ana.

-No será necesario, tengo mi propia llave-agregó Justin abriendo rápidamente la puerta.

-¿Qué haces aquí con toda esta gente?¡Llamaré a la policía!-gritó Pedro al contemplar a toda la comitiva dentro de la casa.

-Atrévete. Y deberás explicar porque deseas llevarte a un hombre sano a un hospital psiquiátrico-vociferó Justin desafiando a su padre .

-Tu abuelo tiene depresión, debe atenderse. No olvides que intentó suicidarse hace algunos años.

-¿Algunos años?-gruño Jeremías. ¡Hace más de cuarenta!

-Me pregunto como tuviste el cinismo de venir a mi casa. Por tu culpa ocurrió todo esto, las cosas marchaba n excelente antes de que regresaras a nuestras vidas.

-Yo no regresé, Blas me fue a buscar, ¿no te dice nada esto?-lo enfrentó Jeremías.

-Eres un mentiroso, y todavía pervertiste a mi único hijo. ¡Él no era Gay!

-¿Y yo que pude haberle hecho? ¡Ya no digas tonterías!-gritó Jeremías.

-Buenas tardes, soy la Doctora Bill y exijo hablar
ya mismo con la persona en cuestión.
-No sé quién la llamó, pero puede irse por donde
vino. El Doctor Ramírez es el médico de la
familia-agregó Pedro señalando al facultativo.
-Doctor, creo que ya nos conocemos. Y si me
permite quisiera conversar con el Señor Blas.
Estamos viviendo una situación muy compleja.
-Por supuesto, Doctora. Y dejo en claro que a mí
me solicitaron una evaluación psiquiátrica, en
ningún momento mi intención fue internar a
nadie sin un motivo real-aclaró el médico.
 -Entonces no se opone a que lo vea.
 -Para nada, su familia es quien debe
autorizarlo. Yo estoy a su disposición.
 -Basta-retumbó un grito que parecía llegar
desde la cima de la escalera .Ya dejen de hablar
de mí como si yo no exisitiera.No pueden
considerarme loco solo por ser Gay.
-¡BLAS!-exclamó Clara horrorizada

-Basta de tonterías. Sí,eso es lo que soy y siempre fui .Lamento haber esperado cuarenta años para salir del closet. Pero si todavía me aceptas, estoy dispuesto a irme contigo y comenzar una nueva vida-susurró dirigiéndose a Jeremías que sonreía abiertamente.

-Prometí esperarte. Y aquí estoy.

-Doctor Ramírez, ponga orden-ordenó Pedro.

-Ser Gay ya no es una enfermedad ,estimado. Hace muchos años que no se considera de esa forma. Creó que estoy de más aquí-comentó el hombre tomando su maletín.

-Mi padre está deprimido-insistió Pedro.

-Yo diría muy enojado, y con razón. Con permiso, me retiro-suspiró el Doctor. Mi secretaria le enviará mis honorarios.

-Esto no quedará así. Llamaré a otra clínica, vendrán otros médicos-vociferó Pedro .

-Si, pero para ti-murmuró Clara que se había mantenido silenciosa hasta el momento.

-¿Ahora eres tú la que se vuelto loca?

-Nunca estuve más cuerda en mi vida. Mi pobre hijo, toda la vida supe que tu papá era homosexual y amaba a Jeremías ,pero me empeñé en creer que con mi amor desistiría de esa loca idea. Me enamoré de él apenas conocerlo en el Colegio ,e hice todo lo posible por retenerlo a mi lado. Pero nada dio resultado. Ahora sé que lo único que logré fue robarle años de vida-confesó la mujer acercándose a su esposo.

-No es solo tu culpa, Clara. Si yo hubiera tenido el valor de Jeremías esto no habría pasado. Pese a la época, él tuvo el valor de luchar por nuestro amor.

-Sé feliz, sigue con tu vida. Y perdóname-susurró Clara besando la mejilla de Blas.

-Gracias. No sabes lo dichoso que me hacen tus palabras. Realmente   me has sacado un peso de encima.

-Pero mamá, hizo que Justin se volviera Gay. Llamaré a Lara y.

-No seas iluso, tu hermana hace años desapreció de nuestra viday deja que tu hijo sea feliz, o tendrás este sabor amargo en la boca cuando lo pierdas.

-Lo siento, no puedo soportar tener un hijo puto,prefiero verlo muerto.Me voy de aquí.

-Papá-gimió el chico…Escucha.

-No me llames así .Y no quiero volver a verte mientras no cambies de actitud. -gritó el hombre mirando al joven con asco.

-Prefieres alejarte de mí que aceptar quien soy realmente-agregó el chico sin recibir respuesta.

-Déjalo, más tarde hablaré con él. Con una buena terapia mejorará. Ahora , sean felices-sonrió la mujer.

-Adiós, Clara-se despidió Blas. Me gustaría que sigamos siendo amigos.

-Debemos tomarnos un tiempo,no soy tan generosa.Y más adelante, cuando me sienta con mas fuerzas ,te llegarán los papeles de divorcio. Supongo que estarás deseoso de casarte con Jeremías.

-Así es-murmuró bajando la cabeza.

-Creo que debemos comenzar a buscar un nuevo hogar-comentó Diego a su novio. La nueva pareja precisará intimidad.

-Al igual que nosotros-sonrió Justin besando los nudillos del joven.

El amor no conoce barreras; salta obstáculos,
vallas y penetra en muros para llegar a su
destino lleno de esperanza
Maya Angelou

"Los años plateados"

Un año después el Residencial "Los Años
Plateados" especialmente dirigido al Colectivo
LGBT abría sus puertas. La antigua casa
,comprada con la colaboración de varias
organizaciones de apoyo a la mencionada
comunidad , así como con la participación de
autoridades estatales por fin estaba lista para
ser inaugurada.
.Un año de duro trabajo reciclando la vieja
mansión de una sola planta había dado sus
frutos.

Ubicada en un lugar céntrico para que tanto adultos mayores como familiares y amigos pudieran llegar sin dificultad ,contaba con numerosas habitaciones de grandes ventanales ,que daba al hermoso jardín que rodeaba el recinto.

El sábado veinticinco de setiembre del año 2021 se abrirían por primera vez al público las puertas de la nueva Institución.

Jeremías tomó el micrófono y tras arreglarse la corbata sonrió a la multitud presente. Había sido elegido para dar la exposición inicial antes de que Diego cortara la cinta inaugural dando lugar a la muestra del lugar.

Como era de esperar, varios medios de prensa se habían acercado para presenciar la inauguración, y se hallaban expectantes por el comienzo del acto.

-Buenos días y gracias por venir-tosió el disertante. Es un gusto para nosotros presentarles el Primer residencial para adultos mayores LGBT.Como todos saben ,la idea surgió con el motivo de crear un sitio en donde nuestra gente pudiera vivir libremente y con quien quisiera hasta el fin de sus días. Eso no era posible en muchos de los hogares tradicionales que visitamos, donde las personas homosexuales debían vivir ocultando o controlando su orientación sexual. Claro que lo ideal sería que todas las personas mayores pudieran residir en sitios inclusivos, sin ningún tipo de diferenciación. Pero mientras esto no ocurra, tendremos que garantizar a nuestra gente su máxima felicidad y gratificación. ¿Y dónde mejor qué en su propia casa?

No tengo más que decir, salvo pedirle a uno de los jóvenes colaboradores más entusiastas que abra las puertas para entrar al Hogar que construimos con tanto amor. Y muy especialmente, rogarle que continué con su magnífico trabajo, para que este hogar se repita en todos los puntos del país, y las personas logren comprender, que todos somos iguales en derechos y tenemos que tener las mismas oportunidades para ser felices.

En último lugar ,quiere agradecer a mi familia, especialmente a mi amado esposo Blas, por estar aquí ,conmigo, en este emotivo momento- finalizó estirando una mano al conmovido hombre, que subió rápidamente al escenario, parándose al lado de su marido.

Como estaba previsto, Diego cortó a la cinta inaugural, y tras los numerosos aplausos, Justin y Brenda iniciaron el tour por la mansión.

-Cambia tu fea cara, hoy es un día de fiesta- rezongó Clara a Pedro.

-Bastante que vine, ese psiquiatra al que me mandaste debe haberme drogado-rugió.

-No digas tonterías, y disfruta la alegría de tu hijo. Tiene toda una vida para ser feliz-sonrió la mujer. No lo dejes solo, no lo conviertas en el estúpido hombre en qué yo te convertí por mis inexcusables prejuicios.

-Es verdad. Ama a Diego, y eso , nadie podrá evitarlo. ¡Y pobre del que lo intente!-rugió tomando del brazo a su madre para comenzar el recorrido.

-Suéltame no soy inválida .Además ,estoy decidida a encontrar un nuevo marido. No puedo hacerlo contigo como guardián.

-Pues no creo que este sea el lugar adecuado-carcajeó Pedro contemplando a dos señoras de la mano.

Jeremías sonrió a su esposo y lo besó dulcemente en la mejilla

-Gracias-susurró.

-¿Por?-preguntó este confuso.

-Por estar aquí a mi lado, por no haberme olvidado jamás.

-Gracias por esperarme-asintió Blas. Si no lo hubieras hecho, hoy, no estaríamos juntos.

-¿Quién puede saberlo? La vida es muy extraña-acotó Jeremías .

-A ver, dejen los arrumacos para después que es hora del brindis-gritó Diego. Llegó el Intendente.

-Vaya, esto sí que es de pico importante - susurró Blas.

--De acuerdo, querido. De acuerdo. Un brindis es lo que hace falta ,por este logro , y por nosotros-concordó Jeremías.

-Sin duda-asintió Blas llevando a su marido al salón principal donde los festejos habían comenzado. Una celebración, que, sin duda, duraría el resto de sus vidas.

El amor no prospera en corazones que se amedrentan de las sombras
William Shakespeare